Mord unter dem Mistelzweig

Weihnachten mit Englands Detektivlegenden

Herausgegeben von
Aleksia Sidney

Oktopus

Für den Blick hinter die Verlagskulissen:
www.oktopusverlag.ch/newsletter

Ein Oktopus Buch bei Kampa

Hegibachstrasse 2, CH-8032 Zürich
info@kampaverlag.ch
www.oktopusverlag.ch
GPSR-Kontakt: Schöffling & Co. Verlagsbuchhandlung GmbH,
Kaiserstraße 79, D-60329 Frankfurt am Main
info@schoeffling.de

Covergestaltung und Satz: Lara Flues, Kampa Verlag
Covermotiv: Rui Ricardo © Kampa Verlag
Gesetzt aus der Stempel Garamond LT / 1. Auflage 2025
Druck und Bindung: GGP Media GmbH, Pößneck
ISBN 978 3 311 30089 2

Inhalt

Agatha Christie

Das Geheimnis des Plumpuddings

Ein Fall für Hercule Poirot

Ich bedauere außerordentlich ...«, sagte Monsieur Hercule Poirot.

Er wurde unterbrochen. Allerdings nicht rüde. Es war eine geschmeidige, geschickte, diplomatische Unterbrechung, kein Widerspruch.

»Bitte sagen Sie nicht von vornherein Nein, Monsieur Poirot. Es handelt sich hier um wichtige Staatsangelegenheiten. Man wird Ihre Kooperation an höchster Stelle zu schätzen wissen.«

»Zu gütig«, winkte Hercule Poirot ab, »aber ich kann Ihrer Bitte unmöglich nachkommen. Zu dieser Jahreszeit ...«

Erneut unterbrach ihn Mr Jesmond. »Weihnachten«, sagte er gewinnend. »Ein traditionelles englisches Weihnachtsfest auf dem Lande.«

Hercule Poirot schauderte. Die Vorstellung, die Weihnachtszeit in England auf dem Lande verbringen zu müssen, behagte ihm ganz und gar nicht.

»Ein schönes, traditionelles Weihnachtsfest!«, betonte Mr Jesmond noch einmal.

»Ich, ich bin kein Engländer«, sagte Hercule Poirot. »In meinem Land, da ist Weihnachten ein Fest für die Kinder. Was wir feiern, ist das neue Jahr.«

»Aha«, sagte Mr Jesmond, »aber in England ist Weihnachten etwas ganz Besonderes, und ich garantiere Ihnen, in Kings Lacey erwartet Sie ein Fest vom Feinsten. Wissen Sie, das ist ein wunderschönes altes Gebäude. Ein Flügel stammt sogar aus dem 14. Jahrhundert.«

Wieder schauderte Poirot. Bei dem Gedanken an ein englisches Herrenhaus aus dem 14. Jahrhundert beschlich ihn tiefe Beklemmung. Zu oft hatte er in historischen englischen Gebäuden schlechte Erfahrungen gemacht. Dankbar blickte er sich in seiner gemütlichen, modernen Wohnung mit ihren Heizkörpern und den neuesten technischen Vorrichtungen gegen Zugluft um.

»Im Winter«, sagte er entschieden, »bleibe ich in London.«

»Ich glaube, Sie sind sich nicht ganz darüber im Klaren, um was für eine ernste Angelegenheit es sich hier handelt, Monsieur Poirot.« Mr Jesmond blickte kurz zu seinem Begleiter und wandte sich dann wieder Poirot zu.

Poirots zweiter Besucher hatte bis dahin außer einer höflichen Begrüßungsformel nichts gesagt. Er saß da, starrte auf seine blank polierten Schuhe und trug einen durch und durch niedergeschlagenen Ausdruck in seinem dunklen Gesicht. Dieser junge Mann von höchstens dreiundzwanzig Jahren bot unverkennbar ein Bild des absoluten Jammers.

»Ja, ja«, sagte Hercule Poirot. »Natürlich ist es eine ernste Angelegenheit. Darüber bin ich mir schon im Klaren. Seine Hoheit hat mein aufrichtiges Mitgefühl.«

»Die Lage ist äußerst delikat«, erwiderte Mr Jesmond.

Poirot wandte den Blick von dem jungen Mann ab und richtete ihn auf seinen älteren Begleiter. Müsste man Mr Jesmond mit nur einem Wort beschreiben, dann wäre es »Diskretion«. An ihm war aber auch alles diskret. Seine gut geschnittene, aber unauffällige Kleidung, seine angenehme, kultivierte, sich kaum je über ihre wohltuende Monotonie aufschwingende Stimme, sein sich an den Schläfen ein wenig lichtendes hellbraunes Haar, sein blasses, ernstes Gesicht. Hercule Poirot kam es vor, als hätte er im Lauf der Jahre nicht einen, sondern ein Dutzend Mr Jesmonds kennengelernt, von denen alle früher oder später die gleiche Formulierung benutzt hatten: »Eine äußerst delikate Angelegenheit.«

»Wie Sie wissen«, sagte Hercule Poirot, »kann die Polizei sehr diskret sein.«

Mr Jesmond schüttelte energisch den Kopf.

»Keine Polizei«, sagte er. »Um den, äh, um das wiederzubekommen, was wir zurückhaben wollen, wird es sich wohl kaum vermeiden lassen, vor Gericht zu ziehen, aber dazu wissen wir noch zu wenig. Wir haben zwar einen Verdacht, wissen jedoch nichts Genaues.«

»Sie haben mein Mitgefühl«, wiederholte Hercule Poirot.

Falls er dachte, sein Mitgefühl würde seinen Besuchern irgendetwas bedeuten, so hatte er sich allerdings getäuscht. Die beiden wollten kein Mitgefühl, sie wollten praktische Hilfe. Mr Jesmond begann abermals, die Vorzüge eines englischen Weihnachtsfests auf dem Lande zu preisen.

»Wissen Sie, es stirbt langsam aus«, sagte er, »das richtige, traditionelle Weihnachten. Heutzutage feiern die Leute in Hotels. Aber ein englisches Weihnachten, im Kreise der Familie, die Kinder mit ihren Weihnachtsstrümpfen, der Weihnachtsbaum, der Truthahn und der Plumpudding, die Knallbonbons. Der Schneemann vorm Fenster ...«

Im Interesse der Genauigkeit intervenierte Hercule Poirot.

»Um einen Schneemann zu bauen, braucht man Schnee«, sagte er streng. »Und den kann man nicht einfach bestellen, auch nicht für ein englisches Weihnachten.«

»Ich sprach gerade heute mit einem Freund beim Wetterdienst«, entgegnete Mr Jesmond, »und der meinte, es werde aller Wahrscheinlichkeit nach zu Weihnachten Schnee geben.«

Das hätte er nicht sagen sollen. Hercule Poirot schauderte heftiger denn je.

»Schnee auf dem Land!«, sagte er. »Das wäre ja noch grässlicher. Ein großes, kaltes Herrenhaus.«

»Ganz im Gegenteil«, erwiderte Mr Jesmond. »In den letzten zehn Jahren haben sich die Dinge gehörig geändert. Ich sage nur so viel: Ölzentralheizung.«

»In Kings Lacey gibt es eine Ölzentralheizung?«, fragte Poirot. Zum ersten Mal schien er zu schwanken.

Mr Jesmond ergriff die Gelegenheit. »Ja, in der Tat«, sagte er, »und eine hervorragende Warmwasseranlage. In jedem Zimmer befinden sich Heizkörper. Ich versichere Ihnen, mein lieber Monsieur Poirot, Kings Lacey bietet im Winter Komfort par excellence. Es könnte sogar sein, dass es Ihnen in dem Haus *zu* warm wird.«

»Das wäre höchst unwahrscheinlich«, entgegnete Hercule Poirot.

Mit routiniertem Geschick wechselte Mr Jesmond dezent das Thema.

»Sie können sich vorstellen, in welch furchtbarem Dilemma wir stecken«, sagte er in vertraulichem Ton.

Hercule Poirot nickte. Es war tatsächlich ein vertracktes Problem. Ein junger Thronanwärter, der einzige Sohn des Herrschers eines reichen und wichtigen indischen Fürstenstaates, war vor wenigen Wochen in London eingetroffen. In seinem Land herrschten Unruhe und Unzufriedenheit. Während die öffentliche Meinung gegenüber dem Vater, der die östlichen Traditionen hochhielt, loyal blieb, betrachtete das Volk die jüngere Generation eine Spur argwöhnischer. Die Extravaganzen des Sohnes entsprangen dessen westlichen Vorstellungen und stießen daher auf Ablehnung.

Vor Kurzem war jedoch seine Verlobung bekannt gegeben worden. Er sollte eine leibliche Cousine heiraten, eine junge Frau, die, obwohl sie in Cambridge studiert hatte, darauf achtete, in ihrer Heimat keine westlichen Einflüsse zur Schau zu stellen. Der Hochzeitstermin stand fest, und der junge Prinz reiste nach England, um einige der kostbaren Juwelen seines Hauses von Cartier in angemessene moderne Fassungen einsetzen zu lassen. Unter den Edelsteinen befand sich auch ein berühmter Rubin, der aus einer klobigen, altmodischen Kette herausgelöst und von den renommierten Juwelieren zu neuem Leben erweckt worden war. So weit, so gut, doch dann begann der Ärger. Niemand hätte einem derart reichen und geselligen jungen Mann ein paar Eskapaden verübelt. Niemand hätte ihm ein Abenteuer missgönnt. Von jungen Prinzen wurde geradezu erwartet, dass sie sich amüsierten. So hätte man es ganz natürlich und angemessen gefunden, wenn der Prinz mit seiner aktuellen Freundin die Bond Street entlanggebummelt und ihr die Freuden, die sie ihm gewährt hatte, mit einem Smaragdarmband oder einer Diamantbrosche vergolten hätte – im Grunde nichts anderes als die Cadillacs, die sein Vater seiner aktuellen Lieblingstänzerin zu spendieren pflegte.

Allerdings war der Prinz sehr viel indiskreter gewesen. Er hatte einer Dame, deren Interesse ihm schmeichelte, den berühmten Rubin in seiner neuen Fassung gezeigt und ihr schließlich törichterweise sogar die Bitte erfüllt, ihn – nur einen Abend lang – tragen zu dürfen!

Der Schlussakt war kurz und schmerzhaft. Die Dame erhob sich beim Diner vom Tisch und zog sich zurück, um sich die Nase zu pudern. Die Zeit verging. Sie kehrte nicht zurück. Sie hatte das Restaurant durch die Hintertür verlassen und sich in Luft aufgelöst. Bedauerlicherweise war der Rubin in seiner neuen Fassung ebenfalls verschwunden.

Wollte man keine gravierenden Konsequenzen heraufbeschwören, so konnte dieser Sachverhalt unmöglich publik gemacht werden. Der Rubin war mehr als nur ein Rubin, er hatte einen enormen historischen Wert, und die Umstände seines Verschwindens waren derart delikat, dass jedes unnötige Aufsehen äußerst schwerwiegende politische Folgen haben konnte.

Mr Jesmond war nicht in der Lage, diesen Sachverhalt in einfache Sätze zu kleiden. Er verpackte sie gleichsam in einen Wust aus Worten. Wer Mr Jesmond genau war, wusste Hercule Poirot nicht. Er hatte im Lauf seiner Karriere viele Mr Jesmonds kennengelernt. Ob er jetzt für das Innenministerium, das Außenministerium oder eine andere diskrete Behörde tätig war, wurde nie im Einzelnen dargelegt. Er handelte im Interesse des Commonwealth. Der Rubin musste gefunden werden.

Und Monsieur Poirot, darauf bestand Mr Jesmond mit großem Feingefühl, sei der Einzige, der ihn wiederbeschaffen könne.

»Ja, vielleicht«, gab Hercule Poirot zu, »aber Sie können mir so wenig konkrete Details liefern. Vermutungen, Verdachtsmomente, das bringt einen nicht sehr weit.«

»Kommen Sie, Monsieur Poirot, das übersteigt doch nun sicher nicht Ihre Fähigkeiten. Ich bitte Sie.«

»Ich habe nicht immer Erfolg.«

Doch diese Bescheidenheit war nur gespielt. Poirots Ton verriet eindeutig, dass für ihn die Annahme eines Auftrags mehr oder weniger gleichbedeutend mit einem erfolgreichen Abschluss war.

»Seine Hoheit ist noch sehr jung«, sagte Mr Jesmond. »Es wäre schade, wenn sein ganzes Leben lediglich aufgrund einer jugendlichen Unüberlegtheit ruiniert wäre.«

Poirot bedachte den niedergeschlagenen jungen Mann mit einem gütigen Blick. »Die Jugend, das ist die Zeit für Eskapaden«, sagte er aufmunternd, »und bei einem gewöhnlichen jungen Mann spielt so etwas auch keine große Rolle. Der gute Papa, der zahlt; der Familienanwalt, der hilft, die Unannehmlichkeiten aus der Welt zu schaffen; der junge Mann, der lernt aus seinen Erfahrungen – und alles nimmt ein gutes Ende. Ihre Lage ist allerdings wirklich schwierig. Die bevorstehende Hochzeit …«

»Das ist es. Genau das ist es.« Zum ersten Mal sprudelten Worte aus dem jungen Mann heraus. »Verstehen Sie, sie ist ein sehr, sehr ernsthafter Mensch. Sie nimmt das Leben sehr ernst. Sie hat in Cambridge sehr viele sehr ernst zu nehmende Anregungen aufgegriffen. Es soll in meinem Land ein Bildungssystem entwickelt werden. Es soll Schulen geben. Und vieles andere mehr. Alles im Namen des Fortschritts, verstehen Sie, im Namen der Demokratie. Es wird, sagt sie, nicht so bleiben wie zu Zeiten meines Vaters. Natürlich weiß sie, dass ich mich in London vergnüge, aber einen Skandal darf es nicht geben. Nein! Der Skandal ist das Problem. Es handelt sich nämlich um einen sehr, sehr berühmten Rubin, verstehen Sie. Er hat eine lange Geschichte. Viel Blutvergießen – viele Tote!«

»Tote«, sagte Hercule Poirot nachdenklich. Er sah zu Mr Jesmond hinüber. »Man hofft natürlich, dass es dazu nicht kommt?«

Mr Jesmond machte ein seltsames Geräusch, wie eine Henne, die sich entschlossen hat, ein Ei zu legen, und sich dann eines Besseren besinnt.

»Nein, nein, auf gar keinen Fall«, sagte er recht steif. »So etwas ist völlig ausgeschlossen, da bin ich mir sicher.«

»Ganz sicher kann man sich da nicht sein«, entgegnete Hercule Poirot. »Egal, wer den Rubin jetzt hat, es kann durchaus noch andere Personen geben, die ihn in ihren Besitz bringen wollen und die vor nichts haltmachen würden, *mon ami.*«

»Ich bin wirklich nicht der Meinung«, sagte Mr Jesmond und klang dabei steifer denn je, »dass wir uns derartigen Spekulationen hingeben müssen. Äußerst unergiebig.«

»Ich«, sagte Hercule Poirot und kehrte plötzlich den Ausländer heraus, »ich, ich prüfe die Möglichkeiten, ganz wie die Politiker.«

Mr Jesmond blickte ihn zweifelnd an. Sich zusammenreißend, sagte er: »Ich kann also davon ausgehen, Monsieur Poirot, dass die Sache geregelt ist? Dass Sie nach Kings Lacey fahren?«

»Und wie soll ich meine Anwesenheit dort erklären?«, fragte Hercule Poirot.

Mr Jesmond lächelte zuversichtlich.

»Das, glaube ich, lässt sich sehr leicht arrangieren. Ich versichere Ihnen, es wird alles ganz natürlich wirken. Sie werden sehen, die Laceys sind äußerst charmant. Reizende Menschen.«

»Und mit der Ölzentralheizung binden Sie mir keinen Bären auf?«

»Nein, nein, auf gar keinen Fall«, antwortete Mr Jesmond gequält. »Ich versichere Ihnen, Sie werden dort allen erdenklichen Komfort genießen.«

»Tout confort moderne«, murmelte Poirot, in Erinnerungen schwelgend. *»Eh bien*, ich nehme den Auftrag an.«

Die Temperatur in dem lang gestreckten Salon von Kings Lacey betrug angenehme zwanzig Grad, als Hercule Poirot an einem der großen Sprossenfenster saß und sich mit Mrs Lacey unterhielt. Mrs Lacey war mit einer Handarbeit beschäftigt. Sie saß jedoch weder an einer Petit-Point-Stickerei, noch stickte sie Blumen auf Seide. Stattdessen widmete sie sich der prosaischen Aufgabe, Geschirrtücher zu säumen. Während sie nähte, sprach sie mit einer leisen, bedachten Stimme, die Poirot als äußerst charmant empfand.

»Ich hoffe, Ihnen gefällt unsere Weihnachtsfeier hier, Monsieur Poirot. Wissen Sie, es wird ein reines Familienfest. Meine Enkelin ist zu Gast, ein Enkel und dessen Freund sowie Bridget, meine Großnichte, Diana, eine Cousine, und David Welwyn, ein langjähriger Freund der Familie. Also lediglich eine Familienfeier. Edwina Morecombe meinte allerdings, genau das hätten Sie sich gewünscht. Ein traditionelles Weihnachten. Niemand könnte traditioneller sein als wir! Wissen Sie, mein Mann lebt ganz und gar in der Vergangenheit. Er möchte, dass alles genau so ist, wie es war, als er mit zwölf Jahren seine Ferien hier verbrachte.« Sie schmunzelte. »Alles genau wie früher, der Weihnachtsbaum und die Weihnachtsstrümpfe und die Austernsuppe und der Truthahn – zwei Truthähne, einer gekocht und einer gebraten – und der Plumpudding mit dem Ring und dem Junggesellenknopf und so weiter und so fort. Sixpencestücke können wir heutzutage nicht mehr einbacken, weil sie nicht mehr aus reinem Silber sind. Dazu all die alten Desserts, Pflaumen aus Elvas und Karlsbader Pflaumen und Mandeln und Rosinen und kandierte Früchte und Ingwer. Mein Gott, ich klinge wie ein Katalog von Fortnum & Mason.«

»Sie stimulieren meine gastronomischen Säfte, Madame.«

»Ich fürchte, morgen Abend werden wir alle entsetzliche Verdauungsbeschwerden haben«, sagte Mrs Lacey.

»Man ist es ja gar nicht mehr gewohnt, so viel zu essen, oder?«

Sie wurde von lauten Rufen und schallendem Gelächter vor dem Fenster unterbrochen und blickte hinaus.

»Ich habe keine Ahnung, was die da draußen treiben. Wahrscheinlich spielen sie irgendein Spiel. Wissen Sie, ich habe immer solche Angst, dass unsere Weihnachtsfeier die jungen Leute langweilt. Aber dem ist gar nicht so, im Gegenteil. Mein Sohn und meine Tochter und ihre Freunde hatten nämlich früher ziemlich neumodische Vorstellungen von Weihnachten. Meinten, es wäre alles Blödsinn und zu viel Aufwand und viel besser, irgendwo in ein Hotel zu gehen und zu tanzen. Aber der jüngeren Generation scheint das alles furchtbar gut zu gefallen. Und außerdem«, fügte Mrs Lacey ganz pragmatisch hinzu, »haben Kinder im schulpflichtigen Alter ständig Hunger, stimmt's? Ich habe das Gefühl, man lässt sie in diesen Schulen regelrecht verhungern. Schließlich weiß doch jeder, dass Kinder in dem Alter so viel essen wie drei starke Männer zusammen.«

Poirot lachte und sagte: »Madame, es ist äußert liebenswürdig von Ihnen und Ihrem Gatten, mich an Ihrer Familienfeier teilnehmen zu lassen.«

»Oh, es ist uns wirklich beiden ein Vergnügen«, erwiderte Mrs Lacey. »Und falls Horace Ihnen etwas unwirsch vorkommt, achten Sie einfach nicht darauf. Das ist nun mal seine Art, verstehen Sie.«

Genau genommen hatte ihr Gatte, Colonel Lacey, gesagt: »Ist mir schleierhaft, warum du zu Weihnachten einen verdammten Ausländer einlädst, der bloß alles durcheinanderbringt. Können wir ihn nicht ein andermal herbitten? Kann Ausländer nicht ausstehen! Schon gut, schon gut, Edwina Morecombe hat ihn uns also ans Bein gebunden. Ich möchte wissen, wie die eigentlich dazu kommt. Warum lädt sie ihn denn nicht zu sich ein?«

»Weil Edwina, wie du ganz genau weißt, immer ins Claridge Hotel geht.«

Ihr Gatte hatte sie scharf angesehen und gesagt: »Du führst doch hier nicht irgendetwas im Schilde, oder, Em?«

»Etwas im Schilde?«, sagte Em und sah ihn mit ihren großen blauen Augen an. »Natürlich nicht. Wieso sollte ich?«

Der alte Colonel Lacey hatte tief und dröhnend gelacht. »Ich würde es dir durchaus zutrauen, Em. Du führst nämlich immer etwas im Schilde, wenn du deine Unschuldsmiene aufsetzt.«

Diese Dinge gingen Mrs Lacey durch den Kopf, als sie jetzt fortfuhr: »Edwina meinte, Sie könnten uns eventuell helfen ... Ich kann mir zwar nicht genau vorstellen, wie, aber sie sagte, Sie hätten einmal Freunden in einem ähnlichen Fall helfen können. Ich – aber vielleicht wissen Sie ja gar nicht, wovon ich rede?«

Poirot sah sie ermunternd an. Mrs Lacey ging auf die siebzig zu, hielt sich kerzengerade, hatte schneeweiße Haare, rosarote Wangen, blaue Augen, eine lächerlich kleine Nase und ein energisches Kinn.

»Wenn ich Ihnen irgendwie behilflich sein kann, sehr gerne!«, sagte Poirot. »Soweit ich weiß, haben wir es hier mit der bedauerlichen Schwärmerei eines jungen Mädchens zu tun.«

Mrs Lacey nickte. »Ja. Es ist allerdings schon merkwürdig, dass ich – nun, dass ich mit Ihnen darüber rede. Schließlich sind Sie ein wildfremder Mensch ...«

»*Und* ein Ausländer«, erwiderte Poirot verständnisvoll.

»Ja«, sagte Mrs Lacey, »aber das macht es vielleicht irgendwie leichter. Jedenfalls schien Edwina zu glauben, dass Sie eventuell, wie soll ich es ausdrücken, dass Sie eventuell nützliche Informationen über diesen jungen Desmond Lee-Wortley in Erfahrung bringen könnten.«

Poirot hielt einen Augenblick inne und bewunderte bei sich das Geschick und die Leichtigkeit, mit denen Mr Jesmond Lady Morecombe für seine Zwecke eingespannt hatte.

»Dieser junge Mann, er hat, soweit ich weiß, keinen sehr guten Ruf?«, begann er vorsichtig.

»Nein, den hat er tatsächlich nicht! Er hat sogar einen äußerst schlechten Ruf! Aber das hilft uns, was Sarah betrifft, nicht weiter. Einem jungen Mädchen zu sagen, dass ein Mann einen schlechten Ruf hat, nützt doch nie etwas, oder? Es, es spornt sie nur an!«

»Da haben Sie völlig recht«, sagte Poirot.

»In meiner Jugend ...«, fuhr Mrs Lacey fort. »Mein Gott, wie lange das schon her ist! Wissen Sie, wir wurden vor gewissen jungen Männern gewarnt, was sie für uns natürlich nur umso interessanter machte, und wenn es einem irgendwie gelang, mit ihnen zu tanzen oder in einem dunklen Wintergarten allein zu sein ...«, sie lachte. »Deshalb habe ich Horace nie das tun lassen, was er tun wollte.«

»Sagen Sie«, meinte Poirot, »was genau macht Ihnen denn Sorgen?«

»Unser Sohn fiel im Krieg. Meine Schwiegertochter starb bei Sarahs Geburt, weshalb Sarah bei uns aufgewachsen ist. Vielleicht haben wir sie verzogen, ich weiß es nicht. Aber wir waren der Ansicht, wir sollten ihr so viele Freiheiten wie möglich lassen.«

»Das ist, glaube ich, erstrebenswert«, sagte Poirot. »Man muss mit der Zeit gehen.«

»Genau, das fand ich auch. Außerdem tun Mädchen so etwas heutzutage einfach.«

Poirot sah sie fragend an.

»Ich glaube«, fuhr Mrs Lacey fort, »man kann es so ausdrücken: Sarah ist in eine Gruppe von Leuten hineingeraten, die ständig in Cafés herumhocken. Sie will nicht zum Tanz gehen, nicht in die Gesellschaft eingeführt werden, keinen Debütantinnenball besuchen, nichts dergleichen. Stattdessen hat sie eine unansehnliche Zweizimmerwohnung in Chelsea gemietet, unten am Fluss, und trägt diese komische Kleidung, für die sie alle eine Vorliebe haben, und schwarze Strümpfe oder sogar knallgrüne. Sehr dicke Strümpfe. Stelle ich mir immer furchtbar kratzig vor! Und waschen und kämmen tut sie sich auch nie.«

»Ça, c'est tout à fait naturelle«, sagte Poirot. »Das ist momentan Mode. Das gibt sich auch wieder.«

»Ja, ich weiß«, sagte Mrs Lacey. »Wegen so etwas würde ich mir auch keine Sorgen machen. Aber sehen Sie, jetzt hat sie sich mit diesem Desmond Lee-Wortley eingelassen, der nun wirklich einen sehr üblen Ruf hat. Er lässt sich mehr oder weniger von wohlhabenden Mädchen durchfüttern. Sie scheinen ziemlich verrückt nach ihm zu sein. Beinahe hätte er das Mädchen der Hopes geheiratet, aber ihre Familie hat sie schnell noch unter Amtsvormundschaft stellen lassen oder so etwas. Und genau das will Horace jetzt natürlich auch tun. Er meint, es wäre zu ihrem Schutz. Aber ich halte das eigentlich für keine gute Idee, Monsieur Poirot. Ich meine, die würden doch einfach nur zusammen nach Schottland oder Irland oder Argentinien oder sonst wohin durchbrennen und dann dort heiraten oder in wilder Ehe leben. Und obwohl das eventuell eine Missachtung des Gerichts und so darstellen würde – na ja, letztendlich wäre es trotzdem keine Lösung, oder? Besonders, wenn ein Baby unterwegs ist. Dann müsste man nachgeben und die beiden heiraten lassen. Und das führt dann nach ein, zwei Jahren fast immer, will mir scheinen, zu einer Scheidung. Und dann zieht das Mädchen wieder nach Hause und heiratet ein, zwei Jahre später meistens einen so netten Mann, dass er fast schon langweilig ist, und lässt sich häuslich nieder. Besonders bedauerlich ist es jedoch, finde ich, wenn sie ein Kind hat, denn von einem Stiefvater großgezogen zu werden, egal, wie nett er ist, das ist einfach nicht dasselbe. Nein, ich glaube, es wäre viel besser, wenn man es so wie in meiner Jugend angehen würde. Ich meine, der erste junge Mann, in den man sich verliebt hat, war doch nie eine gute Partie. Ich weiß noch, ich verliebte mich unsäglich in einen jungen Mann namens – wie hieß er noch gleich? Seltsam, dass ich mich überhaupt nicht mehr an seinen Vornamen erinnern kann! Mit Nachnamen hieß er Tibbitt. Der junge Tibbitt. Natürlich hat mein Vater ihm mehr oder weniger das Haus verboten, aber er wurde zu denselben Tanzabenden eingeladen wie ich, und dann tanzten wir auch miteinander. Und manchmal schlüpften wir hinaus und saßen draußen zusammen, und gelegentlich veranstalteten Freunde ein Picknick, zu dem wir beide gegangen sind. Das war natürlich alles verboten und aufregend, und es machte enormen Spaß. Aber wir gingen nicht, na ja, nicht so weit wie die Mädchen heutzutage. Und folglich verschwand dieser Mr Tibbitt langsam aus meinem Leben. Und wissen Sie was, als ich ihn dann vier Jahre später zufällig traf, fragte ich mich, was ich je an ihm hatte finden können! Er kam mir so langweilig vor, dieser junge Mann. Protzig, wissen Sie. Kein interessanter Gesprächspartner.«

»Man glaubt immer, dass in der eigenen Jugend alles viel besser war«, sagte Poirot ein wenig schulmeisterlich.

»Ich weiß«, erwiderte Mrs Lacey. »Ich langweile Sie, stimmt's? Ich möchte Sie nicht langweilen. Aber trotzdem möchte ich nicht, dass Sarah diesen Desmond Lee-Wortley heiratet. Sie ist so ein liebes Mädchen. David Welwyn, der auch zu Besuch ist, und sie waren früher richtig gute Freunde und mochten sich sehr gern, und wir beide, Horace und ich, haben immer gehofft, die beiden würden heiraten, wenn sie groß sind. Aber jetzt findet sie ihn natürlich todlangweilig und ist völlig in diesen Desmond vernarrt.«

»Ich verstehe nicht ganz, Madame. Dieser Desmond Lee-Wortley ist bei Ihnen zu Gast und übernachtet auch hier?«

»Das geht auf mein Konto. Horace wollte ihr unbedingt verbieten, ihn wiederzusehen und so weiter. Zu seiner Zeit hätte der Vater oder Vormund dem jungen Mann natürlich mit einer Reitpeitsche einen Besuch abgestattet! Horace wollte dem Kerl auf jeden Fall das Haus und dem Mädchen den Umgang mit ihm verbieten. Ich erklärte ihm, das sei grundverkehrt. ›Nein‹, habe ich gesagt. ›Lade ihn hierher ein. Er soll mit uns zusammen Weihnachten feiern.‹ Natürlich hielt mich mein Mann für verrückt! ›Liebling‹, habe ich gesagt, ›lass es uns doch wenigstens versuchen. Dann erlebt sie ihn hier in unserem Kreis, in unserem Haus. Wir werden sehr nett zu ihm sein und sehr höflich, und dann lässt ihr Interesse an ihm unter Umständen nach!‹«

»Ich glaube, Madame, da ist, wie man so schön sagt, etwas dran«, sagte Poirot. »Ich glaube, das ist eine sehr kluge Position. Klüger als die Ihres Gatten.«

»Nun, das hoffe ich jedenfalls«, sagte Mrs Lacey unsicher. »Bisher scheint es noch nicht unbedingt zu funktionieren. Aber natürlich ist er erst zwei Tage hier.« In ihrer runzligen Wange zeigte sich ein Grübchen. »Ich muss Ihnen etwas gestehen, Monsieur Poirot. Ich kann mir nicht helfen, aber ich mag ihn. Ich meine, ich mag ihn nicht wirklich, vom Verstand her, aber sein Charme hat eine Wirkung auf mich. O ja, ich kann verstehen, was Sarah an ihm findet. Aber ich bin alt genug und habe genügend Erfahrung, um zu wissen, dass er überhaupt nichts taugt. Selbst wenn ich gern in seiner Gesellschaft bin. Obwohl ich glaube«, fügte Mrs Lacey wehmütig hinzu, »dass er eine gute Seite hat. Wissen Sie, er erkundigte sich vorher, ob er seine Schwester mitbringen könne. Sie war operiert worden und lag im Krankenhaus. Er meinte, er fände es so traurig, wenn sie Weihnachten in einem Sanatorium verbringen müsste, und fragte, ob es zu viele Umstände machen würde, wenn er sie mitbrächte. Er sagte, er würde ihr alle Mahlzeiten aufs Zimmer bringen und so weiter. Also, das finde ich wirklich ziemlich nett von ihm, Sie nicht, Monsieur Poirot?«

»Diese Rücksichtnahme«, sagte Poirot nachdenklich, »scheint irgendwie nicht zu ihm zu passen.«

»Ach, ich weiß nicht. Man kann doch seine Familie lieben und gleichzeitig den Wunsch verspüren, einem jungen reichen Mädchen nachzustellen. Wissen Sie, Sarah wird einmal sehr reich sein, und zwar nicht nur, weil wir ihr etwas hinterlassen werden – was naturgemäß nicht sehr viel sein wird, denn das meiste Geld sowie das Anwesen hier bekommt mein Enkel Colin. Aber ihre Mutter war steinreich, und mit einundzwanzig wird Sarah ihr gesamtes Vermögen erben. Jetzt ist sie zwanzig. Nein, ich finde es wirklich nett, dass Desmond an seine Schwester gedacht hat. Und er hat auch nicht behauptet, sie sei irgendetwas Besonderes oder so. Soweit ich weiß, ist sie Stenotypistin, arbeitet als Sekretärin in London. Und er hat sein Wort gehalten und bringt ihr das Essen hoch. Natürlich nicht immer, aber ziemlich oft. Deshalb glaube ich schon, dass er auch eine gute Seite hat. Aber trotzdem«, sagte Mrs Lacey kategorisch, »möchte ich nicht, dass Sarah ihn heiratet.«

»Nach allem, was ich gehört habe und was mir berichtet wurde«, sagte Poirot, »wäre das tatsächlich eine Katastrophe.«

»Meinen Sie, Sie können uns irgendwie helfen?«, fragte Mrs Lacey.

»Ja, ich denke schon«, erwiderte Hercule Poirot, »doch ich möchte Ihnen nicht zu viel versprechen. Denn Leute wie Mr Desmond Lee-Wortley sind clever, Madame.

Aber bitte verzweifeln Sie nicht. Vielleicht lässt sich da doch etwas machen. Ich werde auf jeden Fall mein Bestes versuchen, schon aus Dankbarkeit für Ihre freundliche Einladung zu Ihrem familiären Weihnachtsfest.« Er blickte sich um. »Es ist heutzutage sicher nicht so leicht, ein schönes Weihnachtsfest zu organisieren.«

»Allerdings nicht«, seufzte Mrs Lacey. Sie beugte sich vor. »Monsieur Poirot, wissen Sie, wovon ich träume – was ich wirklich gern hätte?«

»Erzählen Sie es mir, Madame.«

»Ich wünsche mir einfach einen kleinen, modernen Bungalow. Nein, vielleicht nicht unbedingt einen Bungalow, sondern ein kleines, modernes, leicht in Schuss zu haltendes Haus irgendwo hier in unserem Park, mit einer ultramodernen Küche und ohne lange Gänge, wo alles einfach und bequem ist.«

»Das ist ein ausgesprochen praktischer Wunsch, Madame.«

»Für mich aber praktisch unerfüllbar«, entgegnete Mrs Lacey. »Mein Mann liebt dieses Haus über alles. Er lebt furchtbar gern hier. Kleine Unbequemlichkeiten stören ihn nicht, die Ungemütlichkeit macht ihm nichts aus, und er würde es hassen, regelrecht hassen, in einem kleinen modernen Haus im Park zu wohnen.«

»Und so ordnen Sie sich seinen Wünschen unter?«

Mrs Lacey setzte sich auf. »Ich ordne mich nicht unter, Monsieur Poirot. Ich habe meinen Mann in dem Wunsch geheiratet, ihn glücklich zu machen. Er ist mir ein guter Ehemann und hat mich all die Jahre hindurch sehr glücklich gemacht, und ich möchte ihm etwas zurückgeben.«

»Dann werden Sie also hier wohnen bleiben?«

»So ungemütlich ist es auch wieder nicht.«

»Nein, nein«, sagte Poirot hastig. »Im Gegenteil, es ist hier äußerst gemütlich. Ihre Zentralheizung und die Warmwasseranlage sind perfekt.«

»Wir haben eine Menge Geld ausgegeben, damit das Haus gemütlich wird. Wir konnten ein Stück Land verkaufen. ›Baureif‹ nennt man das wohl. Zum Glück auf der anderen Seite des Parks und vom Haus aus nicht zu sehen. Eigentlich ein hässliches Stück Land ohne schönen Ausblick, aber wir erzielten einen sehr guten Preis. Sodass wir im Haus vielerlei nachbessern konnten.«

»Und woher nehmen Sie das Personal, Madame?«

»Ach, das ist einfacher, als man denkt. Natürlich kann man nicht erwarten, so wie früher hinten und vorne bedient zu werden. Aber es kommen verschiedene Leute aus dem Dorf. Zwei Frauen morgens, zwei weitere kochen das Mittagessen und waschen ab, und abends kommen noch mal welche. Eine Menge Leute wollen ein paar Stunden am Tag hier arbeiten. Jetzt zu Weihnachten haben wir natürlich großes Glück. Meine liebe Mrs Ross kommt jedes Weihnachten. Sie ist eine wunderbare Köchin, wirklich erstklassig. Vor rund zehn Jahren setzte sie sich zur Ruhe, aber in Notfällen hilft sie hier immer aus. Und dann ist da noch der gute Peverell.«

»Ihr Butler?«

»Ja. Er ist im Ruhestand und lebt in dem kleinen Häuschen neben dem Pförtnerhaus, aber er ist uns so treu ergeben, dass er darauf besteht, uns zu Weihnachten bei Tisch aufzuwarten. Tatsächlich habe ich schreckliche Angst, Monsieur Poirot, denn er ist so alt und zittrig, dass er, wenn er etwas Schweres trägt, es garantiert fallen lässt. Es ist wirklich eine Qual, ihm zuzusehen. Und er hat ein schwaches Herz, und ich fürchte, dass er sich übernimmt. Aber wenn ich ihm verbieten würde herzukommen, wäre er furchtbar verletzt. Wenn er unser Silberbesteck sieht, rümpft er die Nase und druckst herum, und drei Tage später ist wieder alles tipptopp. Ja. Er ist ein guter, treuer Freund.« Sie lächelte Poirot an. »Sie sehen, alles ist bereit für eine fröhliche Weihnacht. Und eine weiße Weihnacht«, fügte sie hinzu, als sie aus dem Fenster sah. »Sehen Sie? Es fängt an zu schneien. Ah, die Kinder kommen herein. Sie müssen sie kennenlernen, Monsieur Poirot.«

Poirot wurden, in aller Förmlichkeit, zuerst der Enkel Colin und sein Freund Michael vorgestellt, beides nette und höfliche fünfzehnjährige Schuljungen, der eine dunkelhaarig, der andere blond. Dann war Cousine Bridget an der Reihe, ein ungefähr gleichaltriges schwarzhaariges Mädchen, das vor Vitalität nur so strotzte.

»Und das hier ist meine Enkelin Sarah«, sagte Mrs Lacey.

Poirot blickte sie interessiert an. Sarah war ein attraktives Mädchen mit einer roten Mähne; sie wirkte frech und eine Spur trotzig, schien jedoch echte Zuneigung zu ihrer Großmutter zu empfinden.

»Und das ist Mr Lee-Wortley.«

Mr Lee-Wortley trug einen Fischerpullover und enge schwarze Jeans; sein Haar war recht lang, und es war nicht klar, ob er sich am Morgen rasiert hatte. Der junge Mann, der Poirot als David Welwyn vorgestellt wurde, war das genaue Gegenteil: Er war still und solide, trug ein freundliches Lächeln im Gesicht und hatte ganz offensichtlich ein suchtähnliches Verhältnis zu Wasser und Seife. Außerdem gehörte zu der Gruppe noch ein hübsches, etwas überspannt wirkendes Mädchen namens Diana Middleton.

Es wurde Tee serviert, dazu eine üppige Auswahl an Scones, Crumpets und Sandwiches sowie drei Sorten Kuchen. Die jüngere Generation wusste das Angebot zu schätzen. Colonel Lacey kam als Letzter herein und sagte in einem unverbindlichen Tonfall:

»He, Tee? O ja, Tee.«

Seine Gattin reichte ihm eine Tasse, er nahm sich zwei Scones, bedachte Desmond Lee-Wortley mit einem missbilligenden Blick und setzte sich so weit wie möglich von ihm weg. Er war ein stattlicher Mann mit buschigen Augenbrauen und einem roten, wettergegerbten Gesicht. Man hätte ihn eher für einen Bauern als für einen Gutsherrn halten können.

»Hat angefangen zu schneien«, sagte er. »Es gibt doch noch eine weiße Weihnacht.«

Nach dem Tee ging man auseinander.

»Ich schätze, jetzt gehen die Kinder mit ihren Tonbandgeräten spielen«, sagte Mrs Lacey zu Poirot und blickte ihrem Enkel nachsichtig hinterher. Es klang wie: »Jetzt gehen die Kinder mit ihren Zinnsoldaten spielen.«

»Sie sind natürlich technisch schrecklich begabt«, fügte sie hinzu, »ganz grandios.«

Allerdings entschlossen sich die Jungen und Bridget, zum See zu gehen und zu sehen, ob das Eis schon zum Schlittschuhlaufen taugte.

»Ich dachte schon heute Morgen, wir könnten Schlittschuh laufen«, sagte Colin. »Aber der alte Hodgkins sagte Nein. Er ist immer so furchtbar vorsichtig.«

»Komm, David, wir gehen spazieren«, sagte Diana Middleton leise.

David zögerte den Bruchteil einer Sekunde, den Blick auf Sarahs roten Wuschelkopf gerichtet. Sie stand neben Desmond Lee-Wortley, die Hand auf seinen Arm gelegt, und sah zu ihm auf.

»Na gut«, sagte David Welwyn, »ja, gehen wir.«

Diana hakte sich schnell bei ihm unter, und die beiden gingen zu der Tür, die in den Garten führte.

»Sollen wir auch spazieren gehen, Desmond?«, fragte Sarah. »Hier im Haus ist es fürchterlich stickig.«

»Wer will schon einen Spaziergang machen?«, erwiderte Desmond. »Ich hole meinen Wagen. Wir fahren zum Speckled Boar und trinken etwas.«

Sarah zögerte einen Augenblick, ehe sie sagte:

»Lass uns zum White Hart in Market Ledbury fahren. Da ist immer viel mehr Stimmung.«

Obwohl sie es um nichts in der Welt in Worte gefasst hätte, hegte Sarah eine instinktive Abneigung dagegen, mit Desmond in den Dorf-Pub zu gehen. Das verstieß irgendwie gegen die Tradition von Kings Lacey. Die Frauen von Kings Lacey frequentierten das Speckled Boar einfach nicht. Sie hatte das unbestimmte Gefühl, ein Besuch dort hätte den alten Colonel Lacey und seine Frau sehr enttäuscht. »Na und, was macht das schon?«, hätte Desmond Lee-Wortley gesagt. Einen Augenblick lang war Sarah ungehalten, weil sie fand, dass er das eigentlich wissen müsste! Wenn es sich irgendwie vermeiden ließ, tat man so lieben alten Menschen wie Großvater und Em einfach nicht weh. Es war wirklich sehr großzügig von ihnen, sie ihr eigenes Leben leben zu lassen und zu akzeptieren, dass sie in Chelsea wohnen wollte, obwohl die beiden es überhaupt nicht verstehen konnten. Das hatte sie natürlich Em zu verdanken. Großvater hätte sonst was für ein Theater gemacht.

Über die Einstellung ihres Großvaters machte sich Sarah keine Illusionen. Es war nicht seine Idee gewesen, Desmond nach Kings Lacey einzuladen, sondern Ems. Em war ein echter Schatz, schon immer gewesen.

Während Desmond seinen Wagen holte, streckte Sarah noch einmal kurz den Kopf zur Tür des Salons herein.

»Wir fahren rüber nach Market Ledbury«, sagte sie. »Wir dachten, wir gehen im White Hart einen trinken.«

In ihrer Stimme lag ein Anflug von Trotz, den Mrs Lacey aber nicht zu bemerken schien.

»Gut, Liebling«, sagte sie. »Das wird sicher sehr nett. David und Diana sind, wie ich sehe, spazieren gegangen. Das freut mich wirklich. Ich glaube, Diana zu uns einzuladen war ein richtiger Geistesblitz von mir. Wie traurig, in so jungen Jahren schon Witwe zu werden – mit einundzwanzig! Ich hoffe, sie heiratet bald wieder.«

Sarah sah sie scharf an. »Was führst du da im Schilde, Em?«

»Ich habe einen kleinen Plan«, sagte Mrs Lacey vergnügt. »Ich glaube, sie ist genau die Richtige für David. Ich weiß natürlich, dass er furchtbar verliebt in dich war, meine liebe Sarah, aber du hattest ja keine Verwendung für ihn, und inzwischen ist mir klar geworden, dass er einfach nicht dein Typ ist. Aber ich möchte nicht, dass er weiterhin unglücklich ist, und ich glaube, Diana passt wirklich gut zu ihm.«

»Du bist ja eine regelrechte Kupplerin, Em.«

»Ich weiß. Wir alten Frauen sind nun mal so. Ich glaube, Diana ist schon ziemlich angetan von ihm. Findest du nicht, dass sie genau die Richtige für ihn wäre?«

»Das würde ich nicht sagen«, entgegnete Sarah. »Ich glaube, Diana ist viel zu – na ja, zu überspannt, zu ernst. Ich würde denken, wenn David sie tatsächlich heiratet, wird er sich furchtbar langweilen.«

»Na, wir werden ja sehen«, sagte Mrs Lacey. »Du willst ihn doch auf keinen Fall, oder, Liebling?«

»Allerdings nicht«, erwiderte Sarah schnell. Dann fügte sie unvermittelt hinzu: »Du magst Desmond doch, oder, Em?«

»Er ist sicher sehr nett.«

»Großvater mag ihn nicht«, sagte Sarah.

»Nun, das kannst du ja wohl auch kaum von ihm erwarten, oder?«, sagte Mrs Lacey nüchtern. »Allerdings könnte ich mir denken, dass er es sich anders überlegt, sobald er sich daran gewöhnt hat. Du darfst ihn aber nicht drängen, Liebes. Alte Leute ändern ihre Meinung nur langsam, und dein Großvater ist besonders halsstarrig.«

»Mir ist es egal, was Großvater denkt oder sagt. Ich heirate Desmond, wann ich will!«

»Ich weiß, Liebes, ich weiß. Aber versuch doch wenigstens, realistisch zu sein. Weißt du, dein Großvater könnte dir eine Menge Unannehmlichkeiten bereiten. Du bist noch nicht volljährig. In einem Jahr kannst du tun und lassen, was du willst. Ich nehme an, Horace wird es sich schon viel früher anders überlegt haben.«

»Du bist doch auf meiner Seite, oder?«, fragte Sarah. Sie schlang ihrer Großmutter die Arme um den Hals und gab ihr einen zärtlichen Kuss.

»Ich möchte, dass du glücklich bist«, sagte Mrs Lacey. »Ah, da ist dein junger Mann mit seinem Wagen. Weißt du, ich mag diese engen Hosen, die die jungen Männer heutzutage tragen. Sie sehen so schick aus – betonen allerdings X-Beine noch zusätzlich.«

Ja, dachte Sarah, Desmond hat tatsächlich X-Beine, das hatte sie bis dahin noch gar nicht bemerkt …

»Na los, Liebes, viel Spaß«, sagte Mrs Lacey.

Sie sah Sarah hinterher, wie sie nach draußen zum Wagen ging, dann erinnerte sie sich an ihren ausländischen Gast und begab sich in die Bibliothek. Als sie zur Tür hineinblickte, sah sie jedoch, dass Hercule Poirot ein seliges Nickerchen machte, und ging schmunzelnd durch die Halle in die Küche, um noch einiges mit Mrs Ross zu besprechen.

»Komm, Süße«, sagte Desmond. »Macht deine Familie Stunk, weil du in einen Pub gehst? Die hinken hier Jahre hinterher, was?«

»Natürlich machen Sie kein Theater«, sagte Sarah scharf, während sie in den Wagen stieg.

»Weshalb ist dieser Ausländer eigentlich hier? Das ist ein Privatschnüffler, stimmt's? Was muss denn hier ausgeschnüffelt werden?«

»Oh, er ist nicht beruflich hier«, sagte Sarah. »Meine Großmutter, Edwina Morecombe, bat uns, ihn einzuladen. Ich glaube, er ist schon lange im Ruhestand.«

»Klingt, als wäre er ein altersschwacher Droschkengaul.«

»Ich glaube, er wollte mal ein traditionelles englisches Weihnachten miterleben«, sagte Sarah vage.

Desmond lachte verächtlich. »Das ist doch alles absoluter Schwachsinn«, sagte er. »Ich kapiere nicht, wie du das aushältst.«

Sarah warf ihre roten Haare zurück und hob aggressiv das Kinn.

»Mir gefällt es!«, sagte sie trotzig.

»Das ist doch nicht dein Ernst, Süße. Lass uns die ganze Sache morgen abbrechen. Und nach Scarborough fahren oder so.«

»Das kann ich unmöglich tun.«

»Und warum nicht?«

»Oh, es würde ihre Gefühle verletzen.«

»Mumpitz! Im Grunde genommen macht dir dieser kindische, sentimentale Quatsch doch auch keinen Spaß.«

»Na ja, vielleicht nicht so richtig, aber …« Sarah brach ab. Sie fühlte sich schuldig, denn ihr wurde klar, dass sie sich auf die Festlichkeiten eigentlich sehr freute. Ihr gefiel Weihnachten, doch sie schämte sich, es vor Desmond zuzugeben. Weihnachten und Familienleben, das war nicht gerade en vogue. Einen Moment lang wünschte sie, Desmond wäre nicht über Weihnachten hergekommen. Eigentlich wünschte sie sogar fast, Desmond wäre überhaupt nicht gekommen. In London machte es mit ihm viel mehr Spaß als hier zu Hause.

Inzwischen kehrten die Jungen und Bridget bereits wieder vom See zurück und diskutierten noch immer angelegentlich über die Möglichkeit, Schlittschuh zu laufen. Es waren bereits vereinzelte Schneeflocken gefallen, und ein Blick zum Himmel machte deutlich, dass es bald heftig schneien würde.

»Es wird die ganze Nacht schneien«, sagte Colin. »Ich wette, am Weihnachtsmorgen liegt hier mehr als ein halber Meter Schnee.«

Das waren erfreuliche Aussichten.

»Dann bauen wir einen Schneemann«, sagte Michael.

»Mein Gott«, erwiderte Colin, »das letzte Mal habe ich einen Schneemann gebaut – na ja, als ich vier war.«

»Ich glaube nicht, dass das unbedingt ein Kinderspiel ist«, sagte Bridget. »Ich meine, man muss schon wissen, wie es geht.«

»Wir könnten einen Monsieur Poirot aus Schnee bauen«, schlug Colin vor. »Und ihm einen schwarzen Schnurrbart verpassen. In der Kiste mit den Kostümen ist einer.«

»Wisst ihr, ich kann mir überhaupt nicht vorstellen«, sagte Michael nachdenklich, »dass Monsieur Poirot jemals Detektiv gewesen ist. Ich kann mir überhaupt nicht vorstellen, dass er sich je verkleiden könnte.«

»Ich weiß«, sagte Bridget, »und man kann sich auch nicht vorstellen, dass er mit einer Lupe herumläuft und Spuren sucht und Schuhabdrücke misst.«

»Ich habe eine Idee«, sagte Colin. »Wir könnten eine Show für ihn abziehen!«

»Was denn für eine Show?«, fragte Bridget.

»Na ja, einen Mord für ihn inszenieren.«

»Das ist ja eine phantastische Idee«, sagte Bridget. »Du meinst eine Leiche im Schnee, so was?«

»Ja. Dann würde er sich hier zu Hause fühlen, oder?«

Bridget kicherte.

»So weit würde ich vielleicht nicht gehen.«

»Schnee«, sagte Colin, »wäre der ideale Rahmen. Eine Leiche und Fußspuren – wir müssen das wirklich sorgfältig planen und uns einen von Großvaters Dolchen unter den Nagel reißen und ein bisschen Blut anrühren.«

Sie blieben stehen und unterhielten sich aufgeregt, ohne zu merken, dass es heftig zu schneien begann.

»In dem alten Schulzimmer steht ein Farbkasten. Damit könnten wir uns Blut zusammenmischen – karminrot, würde ich sagen.«

»Ich glaube, karminrot ist etwas zu hell«, warf Bridget ein. »Es sollte ein bisschen dunkler sein.«

»Wer will die Leiche sein?«, fragte Michael.

»Ich bin die Leiche«, erwiderte Bridget schnell.

»Ach, guck mal einer an«, sagte Colin. »Das war meine Idee.«

»Nein, nein«, sagte Bridget, »das muss ich machen. Es muss ein Mädchen sein. Das ist viel spannender. Ein hübsches Mädchen, das leblos im Schnee liegt.«

»Ein hübsches Mädchen! Aha«, sagte Michael spöttisch.

»Außerdem habe ich schwarze Haare«, fügte Bridget hinzu.

»Und was hat das damit zu tun?«

»Na ja, die sieht man im Schnee besonders gut, und dazu ziehe ich meinen roten Pyjama an.«

»Wenn du einen roten Pyjama anhast, sieht man die Blutspritzer nicht«, wandte der praktisch denkende Michael ein.

»Aber er würde im Schnee so gut aussehen«, sagte Bridget, »und er hat weiße Aufschläge, weißt du, da könnte doch das Blut drauf sein. Mann, das wird doch phantastisch aussehen, oder? Meint ihr, er fällt wirklich darauf herein?«

»Wenn wir es klug anstellen, ja«, sagte Michael. »Es kommen nur deine Fußspuren in den Schnee und dann noch die von einer anderen Person, und die führen nur zur Leiche hin und wieder weg – das müssen natürlich die Schuhabdrücke von einem Mann sein. Die wird er nicht zertreten wollen, weshalb er sicher auch nicht merkt, dass du gar nicht wirklich tot bist. Ihr glaubt doch nicht«, plötzlich kam ihm ein Gedanke, und er unterbrach sich. »Ihr glaubt doch nicht, dass er wütend wird, oder?«

»Ach, das glaube ich nicht«, sagte Bridget leichthin. »Ich bin mir sicher, er versteht, dass wir ihn nur unterhalten wollten. Eine Art Weihnachtsgeschenk.«

»Ich glaube nicht, dass wir es am Weihnachtstag machen sollten«, sagte Colin nachdenklich. »Ich glaube nicht, dass Großvater das besonders gefallen würde.«

»Dann also am zweiten Feiertag«, sagte Bridget.

»Der zweite Feiertag wäre genau richtig«, meinte Michael. »Dann haben wir auch mehr Zeit«, fuhr Bridget fort. »Schließlich müssen wir noch eine Menge vorbereiten. Kommt, wir sehen uns mal die ganzen Requisiten an.«

Sie liefen ins Haus.

Am Abend ging es geschäftig zu. Man hatte große Mengen von Stechpalmen und Mistelzweigen ins Haus gebracht, und am hinteren Ende des Speisezimmers war ein Weihnachtsbaum aufgestellt worden. Alle halfen dabei, ihn zu schmücken, die Stechpalmenzweige hinter die Gemälde zu stecken und die Mistelzweige an eine passende Stelle in der Halle zu hängen.

»Ich hatte keine Ahnung, dass etwas derart Archaisches überhaupt noch praktiziert wird«, murmelte Desmond Sarah feixend zu.

»Wir haben es immer so gemacht«, sagte Sarah abwehrend.

»Das ist ja ein großartiger Grund!«

»Ach komm, das wird langsam langweilig, Desmond. Mir macht es Spaß.«

»Sarah, meine Süße, das ist doch nicht dein Ernst!«

»Na ja, vielleicht – vielleicht nicht so richtig, aber – irgendwie schon.«

»Wer trotzt dem Schnee und geht zur Mitternachtsmesse?«, erkundigte sich Mrs Lacey zwanzig Minuten vor zwölf.

»Ich nicht«, sagte Desmond. »Komm, Sarah.«

Er legte ihr die Hand auf den Arm, führte sie in die Bibliothek und ging zum Plattenspieler.

»Alles hat seine Grenzen, Süße«, sagte er. »Zur Mitternachtsmesse!«

»Ja«, sagte Sarah. »Allerdings.«

Unter lautem Gelächter und großem Getöse zogen die meisten anderen ihre Mäntel an und brachen auf. Die beiden Jungen, Bridget, David und Diana machten sich auf den Weg zur Kirche, zehn Minuten durch dicht fallenden Schnee. Ihr Lachen verklang in der Ferne.

»Mitternachtsmesse!«, schnaubte Colonel Lacey. »Bin in meiner Jugend nie zur Mitternachtsmesse gegangen. Messe, wenn ich das schon höre! Papistisches Zeug! Oh, ich bitte um Verzeihung, Monsieur Poirot.«

Poirot winkte ab. »Kein Problem. Lassen Sie sich durch mich nicht stören.«

»Morgenandachten sollten doch wohl reichen, würde ich sagen. Ein ordentlicher Sonntagmorgengottesdienst. ›Hark! The Herald Angels Sing‹ und die ganzen anderen guten alten Weihnachtslieder. Und dann ab nach Hause zum Weihnachtsessen. Stimmt doch, oder, Em?«

»Ja, Liebling«, antwortete Mrs Lacey. »So machen wir es. Aber den jungen Leuten gefällt die Mitternachtsmesse. Und eigentlich ist es doch gut, dass sie tatsächlich in die Kirche gehen.«

»Sarah und dieser Kerl, die wollen allerdings nicht gehen.«

»Also, Liebling, da irrst du dich, glaube ich«, sagte Mrs Lacey. »Du weißt genau, dass Sarah gehen wollte, sie wollte es nur nicht zugeben.«

»Ist mir ein Rätsel, warum sie etwas auf die Meinung dieses Burschen gibt.«

»Sie ist noch sehr jung«, erwiderte Mrs Lacey bedächtig. »Gehen Sie zu Bett, Monsieur Poirot? Gute Nacht. Ich hoffe, Sie schlafen gut.«

»Und Sie, Madame? Sie gehen noch nicht zu Bett?«

»Noch nicht«, sagte Mrs Lacey. »Wissen Sie, ich muss ja noch die Weihnachtsstrümpfe füllen. Ach, ich weiß, die Kinder sind alle praktisch erwachsen, aber ihre Weihnachtsstrümpfe, die mögen sie trotzdem. Da kommen witzige Sachen hinein. Lustige Kleinigkeiten. Die aber für eine Menge Spaß sorgen.«

»Sie geben sich sehr viel Mühe, damit in diesem Haus über Weihnachten alle glücklich sind«, sagte Poirot. »Ich bewundere Sie.«

Mit einer vornehmen Geste führte er ihre Hand an seine Lippen.

»Hm«, brummte Colonel Lacey, als Poirot sich entfernte. »Affektierter Kerl. Aber trotzdem, er weiß dich zu schätzen.«

Mrs Lacey schenkte ihm ihr Grübchen-Lächeln. »Ist dir aufgefallen, Horace, dass ich direkt unter den Mistelzweigen stehe?«, fragte sie mit der scheuen Zurückhaltung eines neunzehnjährigen Mädchens.

Hercule Poirot betrat sein Zimmer. Es war geräumig und großzügig mit Heizkörpern ausgestattet. Auf dem Weg zu dem großen Himmelbett bemerkte er einen Umschlag auf seinem Kopfkissen. Er öffnete ihn und zog ein Blatt Papier heraus. Darauf stand in krakeligen Großbuchstaben:

ESSEN SIE NIE UND NIMMER NICHT
VON DEM PLUMPUDDING.
JEMAND DER ES GUT MIT IHNEN MEINT.

Hercule Poirot starrte die Nachricht an. Seine Augenbrauen fuhren in die Höhe. »Kryptisch«, murmelte er, »und vollkommen unerwartet.«

Das Weihnachtsessen begann um 14 Uhr und war in der Tat ein Festmahl. In dem großen Kamin prasselten gewaltige Holzscheite munter vor sich hin, ein Prasseln, das von einem lauten Stimmengewirr übertönt wurde. Es hatte Austernsuppe gegeben, und zwei riesengroße Truthähne waren serviert, vertilgt und als Gerippe wieder abgetragen worden. Und dann der absolute Höhepunkt: Feierlich wurde der Plumpudding hereingebracht! Dem alten Peverell mit seinen achtzig Jahren zitterten vor Schwäche die Hände und Knie, und trotzdem durfte niemand anders den Plumpudding tragen. Mrs Lacey saß da und hielt die Hände nervös zusammengepresst. Irgendwann würde, da war sie sich sicher, Peverell an Weihnachten tot umfallen. Vor die Wahl gestellt, entweder das Risiko einzugehen, dass er tot umfiel, oder seine Gefühle derart zu verletzen, dass er selbst wahrscheinlich lieber tot als lebendig wäre, hatte sie sich bisher für die erste Variante entschieden. Wie ein großer Fußball ruhte der Plumpudding in seiner ganzen Pracht auf einer riesigen Silberplatte. Oben im Pudding steckte, einer Siegesfahne gleich, ein Stechpalmenzweig, und rundherum züngelten herrliche blaurote Flammen empor. Es gab Beifallsrufe und bewundernde Aahs und Oohs.

Eine Vorsichtsmaßnahme hatte Mrs Lacey allerdings doch ergriffen: Sie hatte Peverell angewiesen, den Pudding, statt ihn herumzureichen, vor ihr niederzusetzen, sodass sie ihn austeilen konnte. Erleichtert atmete sie auf, als er sicher vor ihr stand. Rasch wurden die Teller mit dem flambierten Pudding weitergereicht.

»Wünschen Sie sich etwas, Monsieur Poirot«, rief Bridget. »Schnell, bevor die Flamme ausgeht. Los, Oma, beeil dich.«

Zufrieden lehnte sich Mrs Lacey zurück. Das Unternehmen »Pudding« war ein voller Erfolg. Vor jedem stand eine Portion, an der noch immer Flammen leckten. Einen Augenblick herrschte absolute Stille am Tisch, während sich jeder intensiv etwas wünschte.

So nahm niemand Monsieur Poirots recht eigenartigen Gesichtsausdruck wahr, als er die Portion auf dem Teller vor sich begutachtete. *Essen Sie nie und nimmer nicht von dem Plumpudding.* Was in aller Welt hatte diese düstere Warnung zu bedeuten? Seine Portion konnte sich doch durch nichts von denen der anderen unterscheiden! Er musste sich eingestehen, dass er verwirrt war – ein Eingeständnis, das Hercule Poirot schwerfiel. Seufzend nahm er Gabel und Löffel zur Hand.

»Brandy-Butter, Monsieur Poirot?«

Genüsslich bediente sich Poirot.

»Hast wohl wieder meinen besten Brandy stibitzt, was, Em?«, tönte der Colonel gut gelaunt vom anderen Ende des Tisches. Mrs Lacey zwinkerte ihm zu.

»Mrs Ross beharrt darauf, nur den allerbesten Brandy zu verwenden, Liebling«, erwiderte sie. »Sie meint, das mache den entscheidenden Unterschied aus.«

»Na ja«, sagte Colonel Lacey, »es ist ja nur einmal im Jahr Weihnachten, und Mrs Ross ist eine großartige Frau. Eine großartige Frau und eine großartige Köchin.«

»Allerdings«, sagte Colin. »Ein fabelhafter Plumpudding ist das – mmh.« Genießerisch nahm er einen weiteren Happen.

Bedächtig, fast schon vorsichtig, machte sich Hercule Poirot über seine Puddingportion her. Er nahm einen Mundvoll. Es war köstlich! Er aß noch einen Bissen. Irgendetwas auf seinem Teller klapperte leise. Er untersuchte es mit der Gabel. Bridget zu seiner Linken kam ihm zu Hilfe.

»Da liegt irgendetwas, Monsieur Poirot«, sagte sie. »Was das wohl ist?«

Poirot löste einen kleinen silbernen Gegenstand von den Rosinen, die an ihm klebten.

»Oooh«, sagte Bridget, »das ist ja der Junggesellenknopf! Monsieur Poirot hat den Junggesellenknopf!«

Hercule Poirot tauchte den kleinen silbernen Knopf in das Fingerschälchen, das neben seinem Teller stand, und wusch die Puddingkrumen ab.

»Er ist sehr hübsch«, stellte er fest.

»Das bedeutet, dass Sie Junggeselle bleiben, Monsieur Poirot«, erklärte Colin ihm zuvorkommend.

»Das war auch nicht anders zu erwarten«, sagte Poirot ernst. »Ich bin schon seit so vielen Jahren Junggeselle, da ist es unwahrscheinlich, dass sich das plötzlich ändert.«

»Ach, nur nicht aufgeben«, sagte Michael. »Ich habe neulich in der Zeitung gelesen, dass ein Fünfundneunzigjähriger ein zweiundzwanzigjähriges Mädchen geheiratet hat.«

»Du machst mir Mut«, sagte Hercule Poirot.

Plötzlich schrie Colonel Lacey auf. Sein Gesicht lief hochrot an, und er griff sich an den Mund.

»Verflixt noch mal, Emmeline«, brüllte er, »warum in aller Welt erlaubst du es der Köchin eigentlich, Glas in den Pudding zu tun?«

»Glas!«, rief Mrs Lacey fassungslos.

Colonel Lacey nahm das Objekt seiner Verärgerung aus dem Mund. »Hätte mir einen Zahn abbrechen oder das verdammte Ding runterschlucken und eine Blinddarmentzündung bekommen können«, knurrte er.

Er legte das Stück Glas in sein Fingerschälchen und wusch es ab.

»Du lieber Gott«, stieß er aus. »Das ist so ein roter Klunker aus einem Knallbonbon.« Er hielt ihn hoch.

»Gestatten Sie?«

Äußerst geschickt streckte Monsieur Poirot den Arm an seinem Tischnachbarn vorbei aus, nahm Colonel Lacey den Stein aus der Hand und sah ihn sich aufmerksam an. Genau wie der Hausherr gesagt hatte, handelte es sich um einen riesigen rubinroten Stein. Als Poirot ihn zwischen den Fingern drehte, funkelten die Facetten nur so im Licht. Irgendwo am Tisch wurde ein Stuhl heftig zurückgestoßen und dann wieder herangezogen.

»Mensch!«, rief Michael. »Wäre das toll, wenn der echt wäre.«

»Vielleicht ist er ja echt«, sagte Bridget voller Hoffnung.

»Red keinen Quatsch, Bridget. Ein Rubin von der Größe wäre doch Tausende und Abertausende von Pfund wert. Stimmt's, Monsieur Poirot?«

»In der Tat«, sagte Poirot.

»Was ich allerdings nicht verstehe«, sagte Mrs Lacey, »ist, wie er in den Pudding gekommen ist.«

»Oooh«, sagte Colin, durch seinen letzten Happen abgelenkt, »ich habe das Schwein gekriegt. Das ist ungerecht.«

Sofort sang Bridget los: »Colin hat das Schwein! Colin hat das Schwein! Colin ist ein gefräßiges, verfressenes Schwein!«

»Ich habe den Ring«, sagte Diana mit ihrer klaren, hohen Stimme.

»Schön für dich, Diana. Du wirst von uns allen als Erste heiraten.«

»Ich habe den Fingerhut«, jammerte Bridget.

»Bridget wird eine alte Jungfer«, sangen die beiden Jungen. »O ja, Bridget wird eine alte Jungfer.«

»Wer hat das Geld bekommen?«, fragte David. »In dem Pudding ist ein richtiges Zehnshillingstück aus Gold. Das weiß ich genau. Mrs Ross hat es mir erzählt.«

»Ich glaube, ich bin der Glückspilz«, sagte Desmond Lee-Wortley.

»Ja, das sieht Ihnen ähnlich«, hörten Colonel Laceys beide Tischnachbarn ihn murmeln.

»Ich habe auch einen Ring«, sagte David. Er sah zu Diana hinüber. »Ein ganz schöner Zufall, was?«

Die Heiterkeit hielt an. Kein Mensch merkte, dass Monsieur Poirot den roten Stein unbekümmert und wie in Gedanken versunken in seine Tasche hatte gleiten lassen.

Nach dem Pudding gab es Mince Pies und weihnachtliche Nachspeisen. Die älteren Herrschaften zogen sich daraufhin zu einer willkommenen Mittagsruhe zurück, ehe zur Teestunde die Lichter am Weihnachtsbaum angezündet werden würden. Hercule Poirot hielt allerdings keine Mittagsruhe. Vielmehr begab er sich in die riesige altmodische Küche.

»Es ist doch gestattet«, sagte er und blickte sich freudestrahlend um, »dass ich der Köchin zu diesem herrlichen Gericht gratuliere, das ich soeben zu mir genommen habe?«

Es entstand eine kurze Pause, dann kam Mrs Ross mit der Würde einer Bühnenherzogin gemessenen Schrittes auf ihn zu und begrüßte ihn. Sie war groß und stattlich. Zwei hagere grauhaarige Frauen wuschen weiter hinten in der Spülküche ab, und ein flachsblondes Mädchen ging ständig zwischen der Spülküche und der Küche hin und her. Diese drei waren jedoch eindeutig einfache Handlangerinnen. Die Königin des Küchenbereichs war Mrs Ross.

»Ich freue mich, dass es Ihnen geschmeckt hat, Sir«, sagte sie zuvorkommend.

»Geschmeckt, und wie!«, rief Hercule Poirot. Mit einer extravaganten fremdländischen Geste führte er seine Hand an die Lippen, küsste sie und blies den Kuss in Richtung Decke. »Sie sind ein Genie, Mrs Ross! Ein Genie! Noch nie habe ich ein so wunderbares Essen genießen dürfen. Die Austernsuppe«, er schnalzte genießerisch mit der Zunge, »und die Füllung. Die Kastanienfüllung in dem Truthahn, die war nach meiner Erfahrung einzigartig.«

»Nun, es ist lustig, dass Sie das sagen, Sir«, erwiderte Mrs Ross freundlich. »Diese Füllung, das ist ein ganz besonderes Rezept. Ein österreichischer Küchenchef, für den ich vor vielen Jahren gearbeitet habe, hat es mir verraten. Aber alles andere«, fügte sie hinzu, »ist gutbürgerliche englische Küche.«

»Kann man sich etwas Besseres wünschen?«, fragte Hercule Poirot.

»Nun, das ist sehr nett von Ihnen, Sir. Als Ausländer hätten Sie natürlich vielleicht die kontinentale Küche bevorzugt. Nicht, dass ich keine kontinentalen Gerichte hinbekäme.«

»Ich bin mir sicher, Mrs Ross, Sie bekommen alles hin! Aber Sie müssen wissen, dass die englische Küche – die gute englische Küche, nicht das, was man in zweitklassigen Hotels oder Restaurants geboten bekommt –

von Gourmets auf dem Kontinent sehr geschätzt wird, und ich glaube, ich gehe recht in der Annahme, dass im frühen 19. Jahrhundert extra eine Expedition nach London unternommen und dann ein Bericht über die Wunder der englischen Puddinge nach Frankreich zurückgeschickt wurde. *›So etwas haben wir in Frankreich überhaupt nicht‹*, stand dort geschrieben. *›Allein schon um die verschiedenen exzellenten Puddinge zu kosten, ist London eine Reise wert.‹* Und an erster Stelle unter allen Puddingen«, fuhr Poirot fort, der sich jetzt regelrecht in eine Schwärmerei hineingesteigert hatte, »steht der weihnachtliche Plumpudding, den wir heute gegessen haben. Das war doch ein selbst gemachter Pudding, oder? Kein gekaufter?«

»Allerdings, Sir. Wie schon seit vielen Jahren, von mir selbst nach meinem ureigenen Rezept zubereitet. Als ich herkam, meinte Mrs Lacey, sie habe, um mir die Mühe zu ersparen, in einem Londoner Geschäft einen Pudding bestellt. Aber nicht doch, Madam, sagte ich, das ist zwar sehr nett gemeint, aber ein gekaufter Pudding reicht nie an einen selbst gemachten Plumpudding heran. Wohlgemerkt«, sagte Mrs Ross, eine wahre Kochkünstlerin, die sich jetzt für ihr Thema erwärmte, »wurde er diesmal zu spät zubereitet. Ein guter Plumpudding sollte mehrere Wochen vor dem Fest gekocht werden und dann durchziehen können. Je länger er lagert – solange es sich in einem vernünftigen Rahmen hält –, desto besser. Ich weiß noch, als ich ein Kind war und wir jeden Sonntag in die Kirche gingen, haben wir immer aufgepasst, wann das Kollektengebet mit den Worten ›Biete deine Macht auf, o Herr, und komm, wir bitten dich‹ begann, denn das war sozusagen das Zeichen dafür, dass in genau dieser Woche die Puddinge zubereitet werden sollten. Und so war es auch jedes Jahr. Wenn wir am Sonntag dieses Kollektengebet hörten, begann meine Mutter während der Woche ganz sicher, die Plumpuddinge zuzubereiten. Und dieses Jahr sollte es auch wieder so sein. In Wirklichkeit wurde dieser Pudding aber erst vor drei Tagen gemacht, einen Tag vor Ihrer Ankunft, Sir. Trotzdem hielt ich mich an den alten Brauch. Alle mussten in die Küche kommen, den Teig einmal umrühren und sich dabei etwas wünschen. Das ist ein alter Brauch, Sir, den ich immer hochgehalten habe.«

»Höchst interessant«, sagte Hercule Poirot. »Höchst interessant. Dann sind also alle hierher in die Küche gekommen?«

»Ja, Sir. Der junge Herr, Miss Bridget und der Gentleman aus London, der hier übernachtet, sowie seine Schwester und Mr David und Miss Diana – besser gesagt, Mrs Middleton –, ja, jeder hat einmal umgerührt.«

»Wie viele Puddinge haben Sie denn gekocht? War das der einzige?«

»Nein, Sir, ich habe vier gemacht. Zwei große und zwei kleinere. Den anderen großen wollte ich Neujahr servieren, und die beiden kleineren sind für Colonel und Mrs Laccy, wenn sie wieder allein sind und nicht mehr so viele Familienangehörige um sich haben.«

»Verstehe, verstehe«, sagte Poirot.

»Genau genommen, Sir«, sagte Mrs Ross, »haben Sie heute zum Mittag den falschen Pudding gegessen.«

»Den falschen Pudding?« Poirot runzelte die Stirn. »Wie das?«

»Nun, Sir, wir haben eine große Plumpudding-Form aus Porzellan, mit einem Stechpalmen- und Mistelmotiv obendrauf. Darin wird immer der Pudding für den Weihnachtstag gekocht. Allerdings ist uns ein höchst bedauerliches Missgeschick passiert. Als Annie ihn heute Morgen aus dem Regal in der Vorratskammer holte, rutschte sie aus, und die Form fiel auf die Erde und zerbrach. Nun, Sir, diesen Pudding konnte ich natürlich nicht servieren lassen, nicht wahr? Da hätten schließlich Splitter drin sein können. Deshalb mussten wir den anderen nehmen – den Neujahrspudding, der sich in einer ganz normalen Schüssel befand. Darin wird er zwar schön rund, aber es sieht nicht so festlich aus wie in der Weihnachtsform. Wo wir noch einmal so eine schöne Form herbekommen sollen, ist mir wirklich ein Rätsel. In der Größe wird so etwas doch gar nicht mehr hergestellt. Heutzutage gibt es nur noch so klitzekleines Zeug. Man bekommt doch nicht mal mehr eine vernünftige Frühstücksplatte, auf die acht bis zehn Eier mit Speck passen. Ach ja, nichts ist mehr so, wie es früher war.«

»Allerdings nicht«, sagte Poirot. »Aber der heutige Tag bildet da eine Ausnahme. Dieser Weihnachtstag ist doch ganz so wie in den alten Zeiten, oder etwa nicht?«

Mrs Ross seufzte. »Nun, ich freue mich, dass Sie das sagen, Sir, aber ich habe natürlich nicht mehr so gute Hilfen wie früher. Qualifizierte Hilfen, meine ich. Die Mädchen heutzutage« – hier senkte sie ein wenig die Stimme –, »die meinen es zwar alle sehr gut und zeigen viel guten Willen, aber sie sind eben nicht ausgebildet, wenn Sie verstehen, was ich meine.«

»Ja, die Zeiten ändern sich«, sagte Hercule Poirot. »Auch mich stimmt es manchmal traurig.«

»Wissen Sie, Sir«, fuhr Mrs Ross fort, »dieses Haus ist zu groß für die Herrin und den Colonel. Und die Herrin weiß das auch. Nur in einer Ecke des Hauses zu leben, wie die beiden es tun, ist einfach nicht dasselbe. Eigentlich könnte man sagen, kommt nur Leben ins Haus, wenn sich die ganze Familie zu Weihnachten hier versammelt.«

»Soweit ich weiß, sind Mr Lee-Wortley und seine Schwester zum ersten Mal hier?«

»Ja, Sir.« Mrs Ross' Stimme klang jetzt etwas reservierter. »Er ist ein sehr netter Gentleman, wirklich, aber, na ja – wir finden alle, er passt nicht zu Miss Sarah. Aber in London herrschen eben andere Sitten! Es ist schon traurig, dass es seiner Schwester so schlecht geht. Musste sogar operiert werden, die Ärmste. Am ersten Tag hier schien es ihr ganz gut zu gehen, aber nachdem wir dann alle den Teig umgerührt hatten, wurde es plötzlich wieder schlimmer, und seitdem liegt sie die ganze Zeit im Bett. Wahrscheinlich ist sie zu früh nach der Operation aufgestanden. Ach, die Ärzte heutzutage, die entlassen einen doch aus dem Krankenhaus, ehe man überhaupt wieder richtig auf den Beinen ist. Die Frau meines Neffen …« Mrs Ross hob zu einer langatmigen, temperamentvollen Schilderung der Krankenhausbehandlungen an, die ihren Verwandten zuteilgeworden waren und die im Vergleich zu der Aufmerksamkeit, mit der man sie früher überschüttet hatte, alles andere als gut abschnitten.

Poirot zeigte sich gebührend mitfühlend. »Jetzt bleibt mir nur noch«, sagte er schließlich, »Ihnen für dieses exquisite und lukullische Mahl zu danken. Sie erlauben doch, dass ich mich ein klein wenig erkenntlich zeige?« Eine nagelneue Fünfpfundnote wechselte den Besitzer, während Mrs Ross der Form halber sagte:

»Das ist aber wirklich nicht nötig, Sir.«

»Ich bestehe darauf. Ich bestehe darauf.«

»Nun, das ist ausgesprochen nett von Ihnen, Sir.« Mrs Ross nahm den Tribut entgegen, als stünde er ihr zu. »Und ich wünsche Ihnen ein frohes Weihnachtsfest, Sir, und ein erfolgreiches neues Jahr.«

Der Weihnachtstag endete, wie die meisten Weihnachtstage enden: Die Kerzen am Baum wurden angezündet, und zum Tee wurde ein herrlicher Weihnachtskuchen serviert, der zwar bewundert, dem aber nur mäßig zugesprochen wurde. Anschließend gab es ein kaltes Abendessen.

Sowohl Poirot als auch seine beiden Gastgeber gingen früh zu Bett.

»Gute Nacht, Monsieur Poirot«, sagte Mrs Lacey. »Ich hoffe, Sie haben sich gut unterhalten.«

»Das war ein wunderbarer Tag, Madame, ein wunderbarer Tag.«

»Sie sehen sehr nachdenklich aus«, sagte Mrs Lacey.

»Es ist der englische Pudding, über den ich mir Gedanken mache.«

»Sie fanden ihn vielleicht etwas schwer?«, erkundigte sich Mrs Lacey taktvoll.

»Nein, nein, ich meine nicht den gastronomischen Aspekt. Ich mache mir über seine Bedeutung Gedanken.«

»Die liegt natürlich in der Tradition begründet«, erwiderte Mrs Lacey. »Also, gute Nacht, Monsieur Poirot, und träumen Sie nicht allzu viel von Plumpuddingen und Mince Pies.«

»Ja«, murmelte Poirot, während er sich auszog. »Er ist auf jeden Fall ein Problem, dieser weihnachtliche Plumpudding. Es gibt da etwas, was ich überhaupt nicht verstehe.« Verärgert schüttelte er den Kopf. »Nun, wir werden sehen.«

Nachdem er gewisse Vorbereitungen getroffen hatte, legte sich Poirot ins Bett, allerdings nicht, um zu schlafen.

Nach etwa zwei Stunden wurde seine Geduld belohnt. Langsam und leise öffnete sich die Zimmertür. Er schmunzelte. Genau das hatte er erwartet. Flüchtig dachte er an die Kaffeetasse zurück, die Desmond Lee-Wortley ihm so höflich gereicht hatte. Als Desmond ihm kurz darauf den Rücken zudrehte, hatte Poirot die Tasse auf dem Tisch abgestellt. Ein paar Sekunden später hatte er sie scheinbar wieder in die Hand genommen und Desmond die Genugtuung verschafft, so es denn Genugtuung gewesen war, zu sehen, wie er den Kaffee bis auf den letzten Tropfen austrank. Als er sich vorstellte, dass jetzt nicht er, sondern jemand anders den Schlaf des Gerechten schlief, hob ein leises Lächeln seinen Schnurrbart. Dieser nette junge Mann David, sagte er sich, ist besorgt und unglücklich. Es wird ihm nichts schaden, wenn er eine Nacht tief und fest schläft. Und jetzt wollen wir mal sehen, was passiert.

Poirot lag regungslos da und atmete gleichmäßig ein und aus, wobei gelegentlich der Hauch, aber auch nur der Hauch eines Schnarchens zu hören war.

Jemand trat an sein Bett und beugte sich über ihn. Dann wandte sich dieser Jemand zufrieden ab und ging zur Frisierkommode hinüber. Im Licht einer winzigen Taschenlampe untersuchte der Besucher Poirots fein säuberlich auf der Kommode abgelegte Habseligkeiten. Finger durchstöberten seine Brieftasche, zogen vorsichtig die Schubladen der Frisierkommode auf und dehnten ihre Suche dann auf Poirots Anzugtaschen aus. Schließlich trat der Besucher erneut ans Bett und ließ mit größter Behutsamkeit eine Hand unter das Kopfkissen gleiten. Als er sie wieder zurückgezogen hatte, hielt er einen Moment inne, als wäre er unschlüssig, was er als Nächstes tun sollte. Er ging im Zimmer umher, inspizierte diverse Nippfiguren und begab sich dann ins angrenzende Badezimmer, aus dem er jedoch sofort wieder zurückkam. Mit einem leisen Fluch auf den Lippen verließ er das Zimmer.

»Ah«, murmelte Poirot vor sich hin. »Du hast die Enttäuschung. Ja, ja, die schwere Enttäuschung. Pah! Allein schon sich einzubilden, dass Hercule Poirot etwas so verstecken würde, dass du es findest!« Dann drehte er sich auf die andere Seite und schlief friedlich ein.

Am nächsten Morgen wurde er durch ein leises, nachdrückliches Klopfen an der Tür geweckt.

»*Qui est là?* Herein, herein.«

Die Tür ging auf. Auf der Schwelle stand, außer Atem und mit hochrotem Kopf, Colin, dahinter Michael.

»Monsieur Poirot, Monsieur Poirot.«

»Ja, bitte?« Poirot setzte sich im Bett auf. »Ist es der Frühaufstehertee? Aber nein. Du bist es, Colin. Was ist passiert?«

Colin hatte es für einen Moment die Sprache verschlagen. Eine starke Emotion schien ihn in der Gewalt zu haben. In Wirklichkeit war es jedoch der Anblick der Schlafmütze auf Hercule Poirots Kopf, der seine Sprechwerkzeuge kurzzeitig lähmte. Dann fing er sich wieder und sagte:

»Ich glaube – Monsieur Poirot, könnten Sie uns helfen? Es ist etwas ziemlich Schlimmes passiert.«

»Es ist etwas passiert? Was denn?«

»Es geht, es geht um Bridget. Sie liegt draußen im Schnee. Ich glaube – sie bewegt sich nicht und sagt kein Wort und – ach, Sie sollten es sich selbst ansehen. Ich habe furchtbare Angst – vielleicht ist sie tot.«

»Was?« Poirot warf die Bettdecke zur Seite. »Mademoiselle Bridget – tot!«

»Ich glaube, ich glaube, jemand hat sie umgebracht. Da ist, da ist Blut und – so kommen Sie doch!«

»Aber sicher. Aber sicher. Ich komme in diesem Augenblick.«

Ganz pragmatisch schlüpfte Poirot sofort in seine Straßenschuhe und zog einen pelzgefütterten Mantel über den Schlafanzug.

»Ich komme«, sagte er. »Ich komme in diesem Moment. Du hast das Haus geweckt?«

»Nein. Nein, bis jetzt habe ich es nur Ihnen gesagt. Ich dachte, es wäre besser so. Großvater und Oma sind noch nicht auf. Unten wird gerade der Frühstückstisch gedeckt, aber Peverell habe ich nichts gesagt. Sie, also Bridget, liegt auf der anderen Seite vom Haus, in der Nähe von der Terrasse und dem Fenster der Bibliothek.«

»Verstehe. Geh du vor. Ich folge dir auf dem Fuß.«

Colin drehte das Gesicht weg, um sein erfreutes Grinsen zu verbergen, und ging die Treppe hinunter voraus. Durch die Seitentür traten sie ins Freie. Es war ein klarer Morgen, die Sonne war gerade erst über dem Horizont aufgetaucht. Im Augenblick fiel kein Schnee, doch nachts hatte es kräftig geschneit, sodass ringsum eine dicke, unberührte Schneedecke lag. Die Welt sah sehr rein und weiß und schön aus.

»Da!«, sagte Colin atemlos. »Ich – es – da ist es!« Mit einer dramatischen Geste deutete er in eine bestimmte Richtung.

Der Anblick, der sich ihnen bot, war allerdings dramatisch. Wenige Meter entfernt lag Bridget im Schnee. Sie trug einen scharlachroten Schlafanzug und um die Schultern einen weißen Wollumhang, auf dem ein blutroter Fleck zu sehen war. Ihr Kopf war zur Seite gedreht, ihr Gesicht von ihren ausgebreiteten dichten schwarzen Haaren verdeckt. Ein Arm lag unter ihrem Körper, der andere war weit ausgestreckt, die Finger zur Faust geballt – und in der Mitte des blutroten Flecks ragte das Heft des großen geschwungenen kurdischen Dolchs hervor, den Colonel Lacey noch am Abend zuvor seinen Gästen gezeigt hatte.

»Mon Dieu!«, stieß Monsieur Poirot hervor. »Wie auf einer Bühne!«

Von Michael kam ein leiser, erstickter Laut. Colin sprang schnell in die Bresche.

»Ich weiß«, sagte er. »Es, es kommt einem irgendwie unwirklich vor, oder? Sehen Sie die Fußspuren – ich nehme an, die dürfen nicht zertrampelt werden.«

»Ah ja, die Fußspuren. Nein, wir müssen aufpassen, dass wir die Fußspuren nicht zerstören.«

»Das habe ich mir auch gedacht«, sagte Colin. »Deshalb wollte ich auch niemanden an sie heranlassen, bis wir Sie geholt hatten. Ich dachte, Sie würden wissen, was zu tun ist.«

»Aber trotzdem«, sagte Hercule Poirot energisch, »müssen wir zuerst nachsehen, ob sie noch lebt. Oder etwa nicht?«

»Nun – ja – natürlich«, sagte Michael etwas unsicher. »Aber sehen Sie, wir dachten – ich meine, wir wollten nicht ...«

»Ah, ihr habt die Vorsicht! Ihr habt die Detektivgeschichten gelesen. Es ist äußerst wichtig, dass nichts angerührt und an der Leiche nichts verändert wird. Aber wir wissen ja noch gar nicht genau, ob es überhaupt eine Leiche ist, nicht wahr? Denn obwohl die Vorsicht die Mutter der Porzellansicherheit ist, steht der Mensch doch an erster Stelle. Ehe wir an die Polizei denken, müssen wir an den Arzt denken, oder?«

»O ja. Natürlich«, sagte Colin, immer noch etwas verdattert.

»Wir dachten nur, ich meine, wir dachten, ehe wir irgendetwas tun, sollten wir zuerst Sie holen«, sagte Michael hastig.

»Dann bleibt ihr beide jetzt hier«, sagte Poirot. »Ich gehe von hinten an sie heran, damit ich diese Fußspuren nicht zerstöre. Was für herrliche Fußspuren, nicht wahr – so überdeutlich. Die Fußabdrücke eines Mannes und eines Mädchens, die zusammen zu der Stelle gingen, wo sie jetzt liegt. Und dann kommen die Spuren des Mannes zurück, die des Mädchens jedoch – nicht.«

»Das müssen die Fußspuren des Mörders sein«, sagte Colin mit angehaltenem Atem.

»Genau«, sagte Poirot. »Die Fußspuren des Mörders. Ein langer, schmaler Fuß in einem recht eigenartigen Schuh. Sehr interessant. Leicht zu identifizieren, glaube ich. Ja, diese Fußspuren sind sehr wichtig.«

In diesem Augenblick trat Desmond Lee-Wortley gemeinsam mit Sarah aus dem Haus und kam auf sie zu.

»Was in aller Welt geht denn hier vor?«, rief er theatralisch aus. »Ich habe es von meinem Zimmer aus gesehen. Was ist denn los? Mein Gott, was ist das denn? Das, das sieht ja aus wie …«

Poirot nickte. »Es sieht nach Mord aus, nicht wahr?«

Sarah stockte der Atem, dann warf sie den beiden Jungen einen kurzen, misstrauischen Blick zu.

»Sie meinen, jemand hat das Mädchen umgebracht – wie heißt sie noch mal –, Bridget?«, fragte Desmond. »Wer in aller Welt hätte sie denn töten wollen? Das ist doch unglaublich!«

»Es gibt viele unglaubliche Dinge«, sagte Poirot. »Besonders vor dem Frühstück, nicht wahr? Das hat einer Ihrer modernen Klassiker gesagt. Sechs unmögliche Dinge vor dem Frühstück.« Dann fügte er hinzu: »Bitte warten Sie alle hier.«

Vorsichtig ging er um Bridget herum, trat an sie heran und beugte sich einen Moment lang über sie. Colin und Michael schüttelten sich mittlerweile vor unterdrücktem Lachen. Sarah, der es ähnlich ging, murmelte:

»Was habt ihr da bloß wieder angestellt?«

»Die gute alte Bridget«, flüsterte Colin. »Ist sie nicht phantastisch? Keine Regung!«

»Ich habe noch nie etwas so Totes gesehen wie Bridget«, flüsterte Michael.

Hercule Poirot richtete sich auf.

»Das ist wirklich schrecklich«, sagte er. In seiner Stimme lag ein neuer Ton.

Um nicht prustend loszulachen, drehten sich Michael und Colin weg. Mit erstickter Stimme fragte Michael:

»Was, was sollen wir jetzt machen?«

»Es gibt nur eine Möglichkeit«, erwiderte Poirot. »Wir müssen die Polizei rufen. Geht einer von euch telefonieren, oder soll ich es tun?«

»Ich glaube«, sagte Colin, »ich glaube – was meinst du, Michael?«

»Ja«, sagte Michael, »ich glaube, das Spiel ist jetzt aus.« Er trat vor. Zum ersten Mal wirkte er ein wenig unsicher. »Es tut mir furchtbar leid«, sagte er, »ich hoffe, Sie nehmen es uns nicht allzu übel. Es, äh, es war eine Art Weihnachtsscherz und so, verstehen Sie. Wir dachten, wir – na ja, könnten einen Mord für Sie inszenieren.«

»Ihr dachtet, ihr könntet einen Mord für mich inszenieren? Dann ist, dann ist …«

»Das ist alles nur Theater«, erklärte Colin, »damit, damit Sie sich hier ganz wie zu Hause fühlen, verstehen Sie.«

»Aha«, sagte Hercule Poirot. »Verstehe. Sie schicken mich in den April, ja? Aber heute ist nicht der 1. April, sondern der 26. Dezember.«

»Wahrscheinlich hätten wir es nicht tun sollen«, sagte Colin, »aber, aber – Sie nehmen es uns doch nicht wirklich übel, oder, Monsieur Poirot? Komm jetzt, Bridget«, rief er, »steh auf. Du musst ja schon halb erfroren sein.«

Doch die Gestalt im Schnee rührte sich nicht.

»Seltsam«, sagte Hercule Poirot, »sie scheint dich nicht zu hören.« Er blickte sie nachdenklich an. »Du hast gesagt, das sei nur ein Scherz? Bist du dir sicher, dass es nur ein Scherz ist?«

»Aber klar doch.« Colins Stimme klang jetzt beklommen. »Wir, wir haben es nicht böse gemeint.«

»Aber warum steht Mademoiselle Bridget dann nicht auf?«

»Ich habe keine Ahnung«, sagte Colin.

»Komm, Bridget«, sagte Sarah ungeduldig. »Steh auf und mach dich nicht zum Narren.«

»Es tut uns wirklich sehr leid, Monsieur Poirot«, sagte Colin besorgt. »Wir entschuldigen uns von ganzem Herzen.«

»Ihr braucht euch nicht zu entschuldigen«, sagte Poirot in einem eigenartigen Tonfall.

»Was meinen Sie damit?« Colin starrte ihn an. Erneut wandte er sich an die Gestalt am Boden. »Bridget! Was ist denn los? Warum steht sie nicht auf? Warum bleibt sie da einfach liegen?«

Poirot winkte Desmond herbei. »Sie, Mr Lee-Wortley. Kommen Sie mal ...«

Desmond trat zu ihm.

»Fühlen Sie ihren Puls«, sagte Poirot.

Desmond Lee-Wortley beugte sich hinunter. Er ergriff ihren Arm, ihr Handgelenk.

»Da ist kein Puls ...« Er starrte Poirot an. »Ihr Arm ist ganz steif. Mein Gott, sie ist wirklich tot!«

Poirot nickte. »Ja, sie ist tot«, sagte er. »Irgendjemand hat aus der Komödie eine Tragödie gemacht.«

»Irgendjemand – aber wer?«

»Es gibt ein Paar Fußspuren, die führen hin und wieder zurück. Fußspuren, die eine große Ähnlichkeit mit den Fußspuren haben, die Sie gerade hinterlassen haben, Mr Lee-Wortley, als Sie den Pfad verließen und hierherkamen.«

Desmond Lee-Wortley wirbelte herum.

»Was in aller Welt … Wollen Sie mich beschuldigen? Mich? Sie sind doch verrückt! Warum in aller Welt hätte ich das Mädchen denn umbringen sollen?«

»Ah, warum? Warum wohl … Lassen Sie uns mal überlegen …«

Poirot bückte sich und löste sanft die steifen, zur Faust geballten Finger des Mädchens.

Desmond atmete scharf ein. Ungläubig blickte er nach unten. In der Hand des toten Mädchens lag etwas, das wie ein großer Rubin aussah.

»Das ist doch dieses verdammte Ding aus dem Pudding!«, rief er.

»Wirklich?«, fragte Poirot. »Sind Sie sich sicher?«

»Natürlich ist es das.«

Mit einer flinken Bewegung bückte Desmond sich und nahm den roten Stein aus Bridgets Hand an sich.

»Das hätten Sie nicht tun sollen«, sagte Poirot vorwurfsvoll. »Es sollte doch nichts angerührt werden.«

»Die Leiche habe ich ja auch nicht angerührt, oder? Aber dieses Ding könnte, könnte verloren gehen, und es ist ein Beweisstück. Das Wichtigste ist jetzt, dass die Polizei so schnell wie möglich herkommt. Ich rufe umgehend an.«

Er wirbelte herum und rannte zum Haus. Sofort trat Sarah zu Poirot.

»Ich verstehe das nicht«, flüsterte sie. Ihr Gesicht war totenblass. »Ich verstehe es nicht.« Sie ergriff Poirots Arm. »Wie meinten Sie das denn mit, mit den Fußspuren?«

»Sehen Sie selbst, Mademoiselle.«

Die Fußspuren, die zur Leiche hin und wieder zurück führten, waren die gleichen, die Desmond hinterlassen hatte, als er zu Poirot getreten war.

»Sie meinen – es war Desmond? Unsinn!«

Plötzlich hörte man in der eisigen Luft einen Automotor aufheulen. Alle wirbelten herum. Sie sahen, wie ein Wagen in rasendem Tempo die Auffahrt hinunterjagte, und Sarah erkannte sofort, wessen Auto es war.

»Das ist Desmond«, sagte sie. »Das ist Desmonds Wagen. Er, er fährt sicher zur Polizei, statt sie anzurufen.«

Diana Middleton kam aus dem Haus zu ihnen gerannt.

»Was ist denn passiert?«, rief sie, nach Luft ringend. »Desmond kam gerade hereingestürmt. Er sagte irgendetwas von einem Mord an Bridget, und dann rüttelte er am Telefon, aber die Leitung war tot. Er bekam keine Verbindung. Er meinte, die Leitung müsse durchgeschnitten worden sein. Er sagte, es bleibe nichts anderes übrig, als mit dem Wagen zur Polizei zu fahren. Wieso denn zur Polizei?«

Poirot machte eine Handbewegung.

»Bridget?« Diana starrte ihn an. »Aber das ist doch wohl – eine Art Scherz? Ich habe da etwas gehört, gestern Abend. Ich dachte, sie wollten Ihnen einen Streich spielen, Monsieur Poirot?«

»Ja«, sagte Poirot, »das war ihr Plan – mir einen Streich zu spielen. Aber jetzt lassen Sie uns alle ins Haus zurückgehen. Sonst holen wir uns hier noch den Kältetod, und bis Mr Lee-Wortley mit der Polizei zurückkommt, können wir sowieso nichts tun.«

»Aber hören Sie«, sagte Colin, »wir können, wir können doch Bridget nicht einfach alleine hier liegen lassen.«

»Wenn du hier bleibst, hilft ihr das auch nicht«, sagte Poirot sanft. »Komm, das ist eine Tragödie, eine große Tragödie, aber wir können für Mademoiselle Bridget nichts mehr tun. Deshalb sollten wir jetzt hineingehen und uns aufwärmen und vielleicht eine Tasse Tee oder Kaffee trinken.«

Gehorsam folgten sie ihm ins Haus. Peverell wollte gerade den Gong schlagen. Sollte es ihm merkwürdig vorkommen, dass die meisten Hausbewohner draußen gewesen waren und Poirot in Schlafanzug und Mantel antanzte, so ließ er sich jedenfalls nichts anmerken. Selbst auf seine alten Tage war Peverell noch immer ein perfekter Butler. Er bemerkte nichts, was er nicht bemerken sollte. Sie gingen ins Speisezimmer und setzten sich. Als der Kaffee serviert war und jeder an seiner Tasse nippte, begann Poirot zu sprechen.

»Ich möchte Ihnen«, sagte er, »eine kleine Geschichte erzählen. Zwar nicht bis ins letzte Detail, nein, das geht nicht, aber doch in groben Zügen. Sie handelt von einem jungen Prinzen, der zu Besuch in dieses Land kam. Er brachte einen berühmten Edelstein mit, den er für seine zukünftige Frau neu fassen lassen wollte, doch leider machte er zuvor die Bekanntschaft einer sehr schönen jungen Dame. Diese schöne junge Dame machte sich nicht sehr viel aus ihm, dafür aber umso mehr aus seinem Edelstein – und zwar so viel, dass sie sich eines Tages mit diesem historischen Stück, das über Generationen im Besitz seiner Familie gewesen war, aus dem Staub machte. Und so steckte der arme junge Mann in einer Zwickmühle, verstehen Sie. Vor allem musste er einen Skandal vermeiden. Ausgeschlossen, die Polizei einzuschalten. Deshalb kommt er zu mir, zu Hercule Poirot. ›Bringen Sie mir‹, sagte er, ›meinen historischen Rubin zurück.‹ *Eh bien*, diese junge Dame hat einen Freund, und dieser Freund hat bereits mehrere äußerst dubiose Geschäfte gemacht. Er war in eine Erpressung verwickelt und am Verkauf von Juwelen ins Ausland beteiligt. Aber er ist immer sehr clever gewesen. Ja, man verdächtigt ihn, aber es gibt keine Beweise. Es kommt mir zu Ohren, dass dieser äußerst clevere Gentleman das Weihnachtsfest hier in diesem Haus verbringen wird. Es ist wichtig, dass die schöne junge Frau, nachdem sie den Edelstein an sich genommen hat, eine Zeit lang aus dem Verkehr gezogen wird, damit man sie nicht unter Druck setzen, ihr keine Fragen stellen kann. Deshalb wird es so eingerichtet, dass sie hierherkommt, nach Kings Lacey, und zwar als angebliche Schwester dieses cleveren Gentleman …«

Sarah atmete scharf ein.

»O nein. O nein, nicht hierher! Nicht jetzt, wo ich auch gerade hier bin!«

»Genau so ist es aber«, sagte Poirot. »Und durch einen kleinen Trick komme auch ich als Weihnachtsgast hierher. Diese junge Dame soll gerade erst aus dem Krankenhaus entlassen worden sein. Als sie hier eintrifft, geht es ihr bereits viel besser. Doch dann erfährt sie, dass auch ich, ein Detektiv, hierherkomme – ein bekannter Detektiv. Sofort kriegt sie, wie man so schön sagt, Fracksausen. Sie versteckt den Rubin an der erstbesten Stelle, und dann erleidet sie einen Rückfall und hütet wieder das Bett. Sie will nicht, dass ich sie zu Gesicht bekomme, da ich zweifellos ein Foto von ihr habe und sie erkennen würde. Ja, es ist äußerst langweilig für sie, aber sie muss in ihrem Zimmer bleiben, und ihr Bruder, der bringt ihr das Essen hoch.«

»Und der Rubin?«, fragte Michael.

»Ich glaube«, erwiderte Poirot, »dass die junge Dame genau in dem Augenblick, als sie von meiner Ankunft hier erfährt, zusammen mit allen anderen in der Küche ist, und alles lacht und erzählt und rührt den Plumpuddingteig um. Der wird dann auf die Schüsseln verteilt, und dabei versteckt die junge Dame den Rubin, drückt ihn tief in den Teig eines der Puddinge. Und zwar nicht in den, der zu Weihnachten serviert werden soll. O nein, der befindet sich ja in einer besonderen Form, das weiß sie. Sie versteckt ihn in der anderen Schüssel, die zu Neujahr auf den Tisch kommen soll. Bis dahin würde sie zur Abreise bereit sein, und dann würde sie den Plumpudding selbstverständlich mitnehmen. Aber sehen Sie nur, wie das Schicksal so spielt, passiert genau am Weihnachtsmorgen ein Malheur. Der Plumpudding in der festlichen Schüssel fällt auf den Steinfußboden, und die Schüssel zerspringt in tausend Stücke. Was tun? Die gute Mrs Ross nimmt kurzerhand den anderen Pudding und lässt ihn servieren.«

»Mein Gott«, sagte Colin, »wollen Sie damit sagen,

dass Großvater, als er am Weihnachtstag seinen Pudding aß, einen echten Rubin aus seinem Mund geholt hat?«

»Genau«, sagte Poirot, »und du kannst dir vorstellen, wie Mr Desmond Lee-Wortley zumute war, als er es bemerkte. *Eh bien*, was passiert dann? Der Rubin wird herumgereicht. Ich untersuche ihn, und es gelingt mir, ihn unauffällig in die Tasche gleiten zu lassen. Wie ein zerstreuter Professor, als würde er mich überhaupt nicht interessieren. Aber mindestens eine Person beobachtet mich dabei. Als ich im Bett liege, durchsucht diese Person mein Zimmer. Sie durchsucht meine Taschen. Aber sie kann den Rubin nicht finden. Warum nicht?«

»Weil Sie ihn«, sagte Michael atemlos, »Bridget gegeben haben. Das meinen Sie doch. Dann ist das also der Grund – aber ich verstehe es nicht ganz – ich meine … Hören Sie, was ist dann passiert?«

Poirot lächelte ihn an.

»Jetzt kommt mal alle mit in die Bibliothek«, sagte er, »und seht aus dem Fenster, dann zeige ich euch etwas, was vielleicht alles erklärt.«

Er ging voran, und sie folgten ihm.

»Werft noch einmal«, sagte Poirot, »einen Blick auf den Schauplatz des Verbrechens.«

Er zeigte aus dem Fenster. Alle hielten gleichzeitig die Luft an. Es lag keine Leiche mehr im Schnee, und es waren keine Spuren der Tragödie mehr zu erkennen, außer allerhand zertrampeltem Schnee.

»Das war doch nicht alles nur ein Traum, oder?«, fragte Colin leise. »Ich – hat irgendjemand die Leiche weggeschafft?«

»Ah«, sagte Poirot. »Seht ihr? Das Geheimnis der verschwundenen Leiche.« Er nickte und zwinkerte ihnen zu.

»Mein Gott«, rief Michael. »Monsieur Poirot, Sie sind – Sie haben doch nicht – oh, hört mal, er hat uns die ganze Zeit auf den Arm genommen!«

Poirot zwinkerte noch heftiger.

»Es stimmt, liebe Kinder, auch ich habe mir einen kleinen Scherz erlaubt. Seht ihr, ich wusste von eurem kleinen Plan, und da habe ich einen Gegenplan ausgeheckt. Ah, *voilà* Mademoiselle Bridget. Ich hoffe, es ist Ihnen nichts passiert, obwohl sie so lange im Schnee gelegen haben. Ich könnte es mir nie verzeihen, wenn Sie *une fluxion de poitrine* attrappiert hätten.«

Bridget hatte soeben den Raum betreten. Sie trug einen dicken Rock und einen Wollpullover und kugelte sich vor Lachen.

»Ich habe einen *tisane* auf Ihr Zimmer bringen lassen«, sagte Poirot streng. »Haben Sie ihn getrunken?«

»Ein Schluck hat mir gereicht!«, erwiderte Bridget. »Mir geht's gut. Habe ich meine Sache ordentlich gemacht, Monsieur Poirot? Meine Güte, mein Arm tut immer noch weh von der Aderpresse, die ich auf Ihr Geheiß anlegen musste.«

»Sie waren hervorragend, mein Kind«, sagte Poirot. »Hervorragend. Allerdings tappen die anderen, wie Sie sehen, immer noch im Dunkeln. Gestern Abend ging ich zu Mademoiselle Bridget. Ich sagte ihr, dass ich von eurem kleinen *complot* wusste, und fragte sie, ob sie für mich eine Rolle spielen würde. Sie hat das äußerst clever gemacht. Für die Fußspuren hat sie ein Paar von Mr Lee-Wortleys Schuhen benutzt.«

Schroff fuhr Sarah dazwischen:

»Aber wozu das alles, Monsieur Poirot? Wozu Desmond losschicken, damit er die Polizei holt? Die werden extrem wütend sein, wenn sie merken, dass das alles nur ein Scherz war.«

Poirot schüttelte nachsichtig den Kopf.

»Aber Mademoiselle, ich glaube nie und nimmer, dass Mr Lee-Wortley die Polizei holen gefahren ist«, sagte er. »Mit einem Mord will Mr Lee-Wortley nichts zu tun haben. Er hat völlig die Nerven verloren. Er konnte nur noch an eins denken: den Rubin zu bekommen. Er schnappte ihn sich, tat so, als wäre das Telefon kaputt, und raste unter dem Vorwand, die Polizei zu holen, in seinem Wagen davon. Er hat, soviel ich weiß, seine eigenen Mittel und Wege, England zu verlassen. Er besitzt doch ein Flugzeug, nicht wahr, Mademoiselle?«

Sarah nickte.

»Ja«, sagte sie. »Wir dachten daran …« Sie hielt inne.

»Er wollte mit Ihnen in seinem Flugzeug durchbrennen, nicht wahr? *Eh bien*, das ist eine ausgezeichnete Strategie, einen Edelstein aus dem Land zu schmuggeln. Wenn man mit einem Mädchen durchbrennt und diese Tatsache publik wird, dann wird einen niemand verdächtigen, gleichzeitig auch noch einen historischen Rubin außer Landes geschmuggelt zu haben. O ja, das wäre eine sehr gute Tarnung gewesen.«

»Das glaube ich nicht«, sagte Sarah. »Ich glaube kein Wort davon.«

»Dann fragen Sie doch seine Schwester«, sagte Poirot und deutete mit dem Kopf über ihre Schulter. Abrupt drehte Sarah sich um.

Im Türrahmen stand eine platinblonde Frau. Sie trug einen Pelzmantel und machte ein finsteres Gesicht. Sie war sichtlich ungehalten.

»Von wegen seine Schwester!«, sagte sie mit einem kurzen, unfreundlichen Lachen. »Dieses Schwein ist nicht mein Bruder! Er ist also abgehauen, ja, und ich darf die Sache ausbaden? Das war alles seine Idee! Er hat mich dazu angestiftet! Meinte, es sei leicht verdientes Geld. Wegen des Skandals würde nie Anklage erhoben. Schließlich könnte ich immer behaupten, dass Ali mir diesen historischen Rubin geschenkt hatte. Die Beute wollten Des und ich uns dann in Paris teilen – und jetzt lässt mich das Schwein hier hängen! Umbringen möchte ich ihn!« Abrupt wechselte sie das Thema. »Je schneller ich hier wegkomme … Könnte mir jemand ein Taxi rufen?«

»Vor der Tür wartet ein Wagen, der Sie zum Bahnhof bringt, Mademoiselle«, sagte Poirot.

»Sie denken aber auch an alles, was?«

»So gut wie«, erwiderte Poirot selbstgefällig.

Ganz so glimpflich sollte Poirot allerdings nicht davonkommen. Als er, nachdem er der falschen Miss Lee-Wortley in das wartende Auto geholfen hatte, das Speisezimmer betrat, wurde er bereits erwartet.

Auf Colins knabenhaftem Gesicht lag ein mürrischer Ausdruck.

»Hören Sie, Monsieur Poirot. Was ist denn nun mit dem Rubin? Wollen Sie etwa sagen, Sie haben ihn damit entkommen lassen?«

Poirot machte ein langes Gesicht. Er zwirbelte seinen Schnurrbart. Er schien sich nicht wohl in seiner Haut zu fühlen.

»Ich werde ihn sicherstellen«, sagte er schwach. »Es gibt noch andere Möglichkeiten. Ich werde ...«

»Ich glaub's nicht!«, sagte Michael. »Dieses Schwein einfach mit dem Rubin entwischen zu lassen!«

Bridget war scharfsinniger.

»Er hält uns schon wieder zum Besten«, rief sie. »Stimmt's, Monsieur Poirot?«

»Sollen wir ein letztes Zauberkunststück vorführen, Mademoiselle? Greifen Sie in meine linke Tasche.«

Bridget fuhr mit der Hand hinein. Mit einem Triumphschrei zog sie sie wieder heraus und hielt einen großen, prachtvoll funkelnden dunkelroten Rubin hoch.

»Verstehen Sie«, erklärte Poirot, »was Sie in Ihrer Faust umklammert hielten, war eine Fälschung. Ich brachte sie aus London mit, für den Fall, dass ich sie gegen den echten Stein austauschen könnte. Verstehen Sie jetzt? Wir wollen keinen Skandal. Monsieur Desmond wird versuchen, seinen Rubin in Paris oder Belgien oder wo auch immer er Verbindungen hat, loszuwerden, und dann wird sich herausstellen, dass er nicht echt ist! Was können wir uns Besseres wünschen? Alle sind glücklich und zufrieden. Der Skandal wird vermieden, mein Prinzlein bekommt seinen Rubin wieder, kehrt in sein Land zurück und führt eine vernünftige und hoffentlich glückliche Ehe. Ende gut, alles gut.«

»Nur nicht für mich«, murmelte Sarah.

Sie sprach so leise, dass es niemand außer Poirot gehört hatte. Sanft schüttelte er den Kopf.

»Sie irren sich, Mademoiselle Sarah. Sie haben Erfahrungen gesammelt. Jede Erfahrung ist wertvoll. Vor Ihnen liegen, das prophezeie ich Ihnen, glückliche Zeiten.«

»Das sagen Sie«, erwiderte Sarah.

»Hören Sie, Monsieur Poirot.« Colin runzelte die Stirn. »Woher wussten Sie, dass wir Ihnen etwas vorspielen wollten?«

»Es ist mein Beruf, alles zu wissen«, sagte Hercule Poirot. Er zwirbelte seinen Schnurrbart.

»Ja, aber ich verstehe nicht, woher Sie es wussten. Hat uns jemand verpfiffen? Ist jemand zu Ihnen gekommen und hat es Ihnen erzählt?«

»Nein, nein, so war es nicht.«

»Wie dann? Erzählen Sie es uns?«

Und dann alle im Chor: »Ja, erzählen Sie es uns.«

»Aber nein«, protestierte Poirot. »Nein. Wenn ich verrate, wie ich darauf gekommen bin, ist es nichts Besonderes mehr. Das wäre genauso, als wenn ein Zauberkünstler seine Tricks verraten würde.«

»Erzählen Sie es uns, Monsieur Poirot! Na los. Erzählen Sie es, erzählen Sie es!«

»Ihr wollt wirklich, dass ich euch dieses letzte Geheimnis verrate?«

»Ja, los. Erzählen Sie es uns.«

»Ich glaube, ich kann es einfach nicht. Ihr werdet derart enttäuscht sein.«

»Machen Sie schon, Monsieur Poirot, erzählen Sie es uns. Woher wussten Sie es?«

»Also gut, ich habe neulich nach dem Tee in der Bibliothek am Fenster in einem Sessel gesessen und mich entspannt. Ich war eingenickt, und als ich aufwachte, habt ihr gerade direkt unter dem Fenster eure Pläne geschmiedet, und die obere Hälfte des Fensters stand offen.«

»Das ist alles?«, rief Colin entrüstet. »Noch simpler geht's ja kaum.«

»Nicht wahr?«, sagte Hercule Poirot lächelnd. »Seht ihr? Jetzt seid ihr doch enttäuscht!«

»Na ja«, sagte Michael, »wenigstens wissen wir jetzt alles.«

»Wirklich?«, murmelte Hercule Poirot. »Ich nicht. Ich, dessen Beruf es ist, alles zu wissen.«

Mit einem leichten Kopfschütteln ging er in die Halle hinaus. Zum vielleicht zwanzigsten Mal zog er einen ziemlich schmutzigen Zettel aus der Tasche:

ESSEN SIE NIE UND NIMMER NICHT
VON DEM PLUMPUDDING.
JEMAND DER ES GUT MIT IHNEN MEINT.

Nachdenklich schüttelte Hercule Poirot noch einmal den Kopf. Er, der alles erklären konnte, fand dafür keine Erklärung! Demütigend. Wer hatte das geschrieben? Und warum? Bis er das herausbekäme, würde er keine Ruhe finden. Ein plötzliches, seltsames Keuchen ließ ihn aus seinen Gedanken aufschrecken. Er heftete den Blick fest auf den Boden vor sich, wo sich eine flachsblonde Gestalt in einer geblümten Kittelschürze mit Schaufel und Besen zu schaffen machte. Mit großen runden Augen starrte sie auf den Zettel in seiner Hand.

»Oh, Sir«, sagte die Erscheinung. »Oh, Sir. Bitte, Sir.«

»Und wer sind Sie, *mon enfant*?«, erkundigte sich Monsieur Poirot freundlich.

»Annie Bates, Sir, bitte, Sir. Ich bin Mrs Ross' Küchenhilfe. Ich wollte wirklich nicht, Sir, ich wollte wirklich nicht – irgendetwas Unschickliches tun. Ich habe es gut gemeint, Sir. Ich meine, ich wollte nur Ihr Bestes.«

Poirot ging ein Licht auf. Er hielt ihr den schmutzigen Zettel hin.

»Haben Sie das geschrieben, Annie?«

»Ich habe es nicht böse gemeint, Sir. Wirklich nicht.«

»Natürlich nicht, Annie.« Er lächelte sie an. »Aber erzählen Sie. Warum haben Sie das geschrieben?«

»Na ja, wegen den beiden, Sir. Wegen Mr Lee-Wortley und seiner Schwester. In Wirklichkeit war sie natürlich gar nicht seine Schwester, da bin ich mir sicher. Das hat ihnen keiner von uns geglaubt! Und sie war auch kein bisschen krank. Das war uns auch allen klar. Wir dachten, wir alle dachten, dass da irgendwas faul war. Ich sage es Ihnen rundheraus, Sir. Einmal brachte ich ihr neue Handtücher ins Badezimmer und lauschte an ihrer Tür. Er war bei ihr im Zimmer, und die beiden unterhielten sich. Ich habe ganz deutlich gehört, was sie gesagt haben. ›Dieser Detektiv‹, sagte er. ›Dieser Kerl, dieser Poirot, der hierherkommt. Da müssen wir irgendetwas unternehmen. Wir müssen ihn so schnell wie möglich aus dem Weg räumen.‹ Und dann senkte er die Stimme und sagte auf so eine fiese, finstere Art zu ihr: ›Wo hast du ihn hingetan?‹ Und sie antwortete: ›In den Pudding.‹ Oh, Sir, mein Herz schlug mir bis zum Hals. Ich dachte, es würde stehen bleiben. Ich dachte, die wollten Sie mit dem Plumpudding vergiften. Ich wusste nicht, was ich tun sollte! Mrs Ross, die hört ja nicht auf meinesgleichen. Da kam mir die Idee, Ihnen eine Warnung zu schreiben. Das habe ich dann auch getan und den Zettel auf Ihr Kissen gelegt, wo Sie ihn beim Schlafengehen finden würden.« Annie hielt atemlos inne.

Für eine Weile sah Poirot sie ernst an.

»Ich glaube, Sie sehen zu viele Reißer im Kino, Annie«, sagte er schließlich, »oder hat das Fernsehen eine so starke Wirkung auf Sie? Das Wichtigste ist aber, dass Sie ein gutes Herz haben und eine gewisse Findigkeit. Wenn ich wieder in London bin, schicke ich Ihnen ein Geschenk.«

»Oh, vielen Dank, Sir. Vielen, vielen Dank, Sir.«

»Was für ein Geschenk hätten Sie denn gern, Annie?«

»Was ich will, Sir? Kann ich mir aussuchen, was ich will?«

»Ja«, sagte Hercule Poirot vorsichtig, »solange es sich in Grenzen hält.«

»Oh, Sir, könnte ich einen Kosmetikkoffer haben? Einen richtig vornehmen aufklappbaren Kosmetikkoffer, wie der von Mr Lee-Wortleys Schwester, die ja gar nicht seine Schwester war?«

»Ja«, sagte Poirot, »ja, ich glaube, das lässt sich arrangieren. Interessant«, fügte er hinzu, mehr zu sich als an Annie gerichtet. »Neulich war ich in einem Museum und sah mir antike Gegenstände aus Babylon oder einem von diesen Orten an, die waren Tausende von Jahren alt – und darunter befanden sich auch Kosmetikkoffer. Im Grunde ihres Herzens ändern sich Frauen nicht.«

»Bitte, Sir?«

»Nichts. Ich denke nur nach. Sie werden Ihren Kosmetikkoffer bekommen, mein Kind.«

»Oh, vielen Dank, Sir. Oh, allerherzlichsten Dank, Sir.«

Überglücklich zog Annie ab. Mit einem zufriedenen Kopfnicken sah Poirot ihr nach.

»Ah«, murmelte er vor sich hin. »Und jetzt – gehe ich. Hier gibt es nichts mehr zu tun.«

Unversehens legten sich von hinten zwei Arme um seine Schultern.

»Wenn Sie sich bitte unter die Mistelzweige stellen würden ...«, sagte Bridget.

Hercule Poirot genoss es. Er genoss es sehr. Er fand, es sei ein sehr schönes Weihnachtsfest gewesen.

Aus dem Englischen
von Michael Mundhenk

Arthur Conan Doyle

Der blaue Karfunkel

Ein Fall für Sherlock Holmes

Am zweiten Weihnachtstag besuchte ich morgens meinen Freund Sherlock Holmes, um ihm fröhliche Weihnachten zu wünschen. Er lag in einem purpurfarbenen Schlafrock auf der Couch; zu seiner Rechten stand leicht erreichbar ein Pfeifenständer, daneben lag ein Stoß zerfledderter Morgenzeitungen, die offenbar gerade gelesen worden waren. Neben der Couch stand ein Holzstuhl, an dessen Lehne ein sehr schäbiger, unansehnlicher, steifer Filzhut hing, der aufgrund seines hohen Alters an einigen Stellen gebrochen war. Vergrößerungsglas und Pinzette auf dem Stuhlsitz ließen vermuten, dass der Hut zu Untersuchungszwecken dorthin gehängt wurde.

»Sie sind beschäftigt«, sagte ich, »hoffentlich störe ich Sie nicht.«

»Überhaupt nicht. Ich bin froh, einen Freund zu haben, mit dem ich meine Resultate durchsprechen kann. Die Angelegenheit ist ganz alltäglich«, und er deutete mit dem Daumen in Richtung des alten Hutes, »aber in dem Zusammenhang gibt es ein paar Punkte, die nicht uninteressant sind.«

Ich setzte mich in einen Lehnstuhl und wärmte meine Hände über dem prasselnden Feuer. Ein heftiger Frost hatte eingesetzt, und die Fensterscheiben waren mit Eisblumen übersät. »Ich nehme an«, bemerkte ich, »so gewöhnlich der Hut auch aussieht, so ist er wohl doch mit einer todbringenden Geschichte verbunden – er ist der Faden, der Sie zur Lösung eines Rätsels und zur Bestrafung eines Verbrechens führen wird.«

»Nein, nein! Kein Verbrechen«, lachte Sherlock Holmes. »Nur eine dieser absonderlichen Nebensächlichkeiten, die zuweilen vorkommen, wenn vier Millionen Menschen auf einem auf einige Quadratmeilen beschränkten Raum zusammenleben müssen. Bei der Interaktion einer so dichten Menschenmasse kann man jede nur denkbare Kombination von Ereignissen erwarten; viele kleine Probleme tauchen auf, die zwar verblüffend und bizarr, aber nicht kriminell sind. Wir haben diesbezüglich schon einige Erfahrungen gemacht.«

»Ja, sogar so viele«, erwiderte ich, »dass von den letzten sechs Fällen, die ich in meine Notizensammlung aufgenommen habe, drei in keiner Weise ein Verbrechen darstellen.«

»Genau. Sie spielen auf meinen Versuch an, die Fotografie der Irene Adler zu bekommen, auf den einzigartigen Fall der Miss Mary Sutherland oder auf das Abenteuer mit dem Mann mit der Narbe. Nun, ich hege keinerlei Zweifel, dass diese kleine Angelegenheit in dieselbe harmlose Kategorie fallen wird. Sie kennen Peterson, den Hotelportier?«

»Ja.«

»Ihm gehört diese Trophäe.«

»Es ist also sein Hut.«

»Nein, nein, er hat ihn nur gefunden. Der Besitzer des Hutes ist nicht bekannt. Ich bitte Sie, einen Blick auf ihn zu werfen, ihn aber nicht als einen abgetragenen Filzhut, sondern als intellektuelles Problem zu sehen. Doch lassen Sie sich zuerst berichten, wie der Hut überhaupt hierherkam. Er tauchte zusammen mit einer prachtvollen, fetten Gans am Weihnachtsmorgen hier auf; die Gans brutzelt in diesem Augenblick ohne Zweifel bei Peterson daheim in der Röhre. Die Fakten lauten folgendermaßen: Am Weihnachtsmorgen gegen vier Uhr in der Frühe kehrte Peterson, der, wie Sie wissen, ein sehr ehrenwerter Mann ist, von einer kleinen Feier über die Tottenham Court Road nach Hause zurück. Im Lichtschein der Gaslaternen sah er einen ziemlich großen Mann, der etwas schwankte und eine weiße, tote Gans über seiner Schulter hängen hatte, vor sich hergehen. Als der Mann um die Ecke zur Goodge Street bog, brach ein Tumult zwischen diesem Fremden und einem kleinen Haufen Raufbolde aus. Einer dieser Raufbolde schlug dem Mann den Hut vom Kopf, worauf der zu seiner Verteidigung mit seinem Stock ausholte. Dabei zertrümmerte er eine hinter ihm gelegene Schaufensterscheibe. Peterson stürmte auf den Fremden zu, um ihn vor seinen Angreifern zu schützen, aber als der Mann, schon entsetzt über die zerbrochene Fensterscheibe, eine offiziell aussehende Person in Uniform auf sich zurennen sah, ließ er seine Gans fallen, ergriff die Flucht und verschwand im Labyrinth der kleinen Straßen, die von der Tottenham Court Road abgehen. Die Raufbolde machten sich beim Anblick Petersons auch davon, sodass er allein auf dem Schlachtfeld zurückblieb und die Kriegsbeute in Form eines zerbeulten Hutes und einer prachtvollen Weihnachtsgans an ihn fiel.«

»Er hat sie doch dem Eigentümer wieder zurückgegeben?«

»Mein Lieber, darin liegt das Problem. Es stimmt, dass eine kleine Karte mit *Für Mrs Henry Baker* in Druckbuchstaben ans linke Gänsebein gebunden war, und es stimmt auch, dass die Initialen *H. B.* deutlich im Hutfutter zu erkennen sind; aber da es in unserer Stadt einige Tausende Bakers und einige Hundert Henry Bakers gibt, wird es nicht einfach sein, das verlorene Eigentum dem Besitzer zurückzuerstatten.«

»Was tat Peterson also?«

»Er brachte beides, Hut und Gans, noch am selben Weihnachtsmorgen zu mir, weil er weiß, dass mich selbst die kleinsten Probleme interessieren. Die Gans haben wir bis heute Morgen aufbewahrt, aber dann waren trotz des Frostes die ersten Anzeichen dafür zu erkennen, dass man gut daran täte, sie ohne weitere Verzögerung zu essen. Ihr Finder hat sie somit nach Hause genommen, damit das Tier seine eigentliche Aufgabe als Weihnachtsgans erfüllen kann. Ich aber bleibe weiterhin im Besitz des Hutes dieses unbekannten Gentlemans, der so um sein Weihnachtsessen gekommen ist.«

»Hat er keine Anzeige aufgegeben?«

»Nein.«

»Haben Sie irgendwelche Hinweise auf seine Person?«

»Nur die, die wir logisch herleiten können.«

»Etwa aus seinem Hut?«

»Genau.«

»Sie machen Witze. Was können Sie diesem alten, abgetragenen Hut entnehmen?«

»Hier haben Sie mein Vergrößerungsglas. Sie kennen

meine Methoden. Welche Schlüsse können Sie in Bezug auf die Persönlichkeit des Mannes ziehen, der dieses Kleidungsstück getragen hat?«

Ich nahm den abgetragenen Gegenstand in die Hand und drehte ihn etwas hilflos zwischen den Fingern herum. Es war ein ganz gewöhnlicher runder schwarzer Hut, eine sogenannte Melone, allerdings recht mitgenommen. Der Hut war mit roter Seide gefüttert, die aber mittlerweile ziemlich verblichen war. Der Hutmachername fehlte, aber wie Holmes schon bemerkt hatte, waren die Initialen *H. B.* auf der Innenseite eingezeichnet. Die Krempe war für ein zur Sicherung des Hutes dienendes Gummiband durchstochen worden, aber das Gummiband fehlte. Außerdem war der Hut voller Risse, Staub und Flecken, auch wenn der Besitzer den Versuch unternommen zu haben schien, die verblichenen Stellen mit Tinte zu überdecken.

»Ich kann nichts sehen«, sagte ich und gab den Hut meinem Freund zurück.

»Im Gegenteil, Watson, Sie können alles sehen, aber Sie können das Gesehene nicht auswerten. Sie sind zu ängstlich bei Ihren Schlussfolgerungen.«

»Bitte, dann sagen Sie, was Sie aus diesem Hut schließen können.«

Er nahm den Hut und betrachtete ihn in der seltsam konzentrierten Art, die so typisch für ihn war. »Vielleicht ist der Hut weniger informativ, als er sein könnte«, bemerkte er, »und doch gibt es einige Hinweise, die teils eindeutige, teils zumindest sehr wahrscheinliche Schlüsse zulassen. Es fällt natürlich sofort ins Auge, dass der Mann intelligent ist. Es muss ihm in den letzten drei

Jahren materiell gut gegangen sein, doch jetzt ist er in eine Notlage geraten. Er war wohl früher vorsorglich, aber diese Vorsorglichkeit hat nachgelassen. Das deutet auf moralische Zerrüttung hin, die, zusammen mit der Verschlechterung seiner finanziellen Situation betrachtet, darauf schließen lässt, dass er einem Laster verfallen ist: Vermutlich trinkt er. Das dürfte auch der Grund dafür sein, dass ihn seine Frau nicht mehr liebt.«

»Aber, mein lieber Holmes!«

»Er hat sich aber eine gewisse Selbstachtung erhalten«, fuhr Holmes fort, ohne meinen Einwand zu beachten. »Er ist ein Mann, der ein beschauliches Leben führt, selten ausgeht, körperlich nicht durchtrainiert und mittleren Alters ist, ergraute Haare hat, die er innerhalb der letzten Tage hat schneiden lassen und mit Brillantine eincremt. Das sind die mehr offensichtlichen Tatsachen, die man von dem Hut herleiten kann. Außerdem, nebenbei gesagt, ist es höchst unwahrscheinlich, dass er Gasbeleuchtung in seinem Haus hat.«

»Jetzt scherzen Sie sicherlich, Holmes.«

»Nicht im Mindesten. Ist es möglich, dass Sie sogar jetzt, nachdem ich Ihnen meine Ergebnisse mitgeteilt habe, noch nicht fähig sind zu erkennen, wie ich sie gewann?«

»Ich bezweifle nicht, dass ich sehr dumm bin, aber ich muss gestehen, dass ich Ihnen nicht folgen kann. Zum Beispiel: Wie kamen Sie zu der Schlussfolgerung, dass der Mann intelligent ist?«

Statt einer Antwort setzte sich Holmes den Hut auf. Der Hut rutschte ihm über die Stirn und lag auf dem Nasenbein auf. »Es ist eine Frage des Volumens«, erklärte er, »ein Mann mit so einem großen Kopf muss darin auch etwas Verstand haben.«

»Und die finanziellen Schwierigkeiten?«

»Dieser Hut ist drei Jahre alt. Diese flachen, am Rand nach oben gebogenen Hutkrempen waren damals in Mode. Es ist ein Hut von bester Qualität. Schauen Sie sich das Ripsband und das exzellente seidene Innenfutter an. Wenn dieser Mann es sich vor drei Jahren leisten konnte, einen derart teuren Hut zu kaufen, es aber seitdem nicht mehr schaffte, diesen zu ersetzen, dann ist sein Glücksstern bestimmt gesunken.«

»Nun, das ist verständlich genug. Aber wie steht es mit der Vorsorglichkeit und der moralischen Zerrüttung?«

Sherlock Holmes lachte. »Hieran ist die Vorsorglichkeit zu erkennen«, erwiderte er und legte seinen Zeigefinger auf eine Öse, eine Haltevorrichtung für ein durchzuziehendes Gummiband zur Sicherung des Hutes. »Hüte werden niemals mit einer solchen Vorrichtung verkauft. Wenn dieser Mann dafür Sorge trug, dass sich eine derartige Sicherheitsvorrichtung gegen Windstöße an seinem Hut befand, dann deutet das auf ein gewisses Maß an Vorsorglichkeit hin. Aber, wie wir sehen, seitdem das Gummiband gerissen ist, hat er sich nicht mehr die Mühe genommen, es zu ersetzen; offensichtlich ist er weniger vorsorglich als früher, das heißt, er hat an Charakter verloren. Auf der anderen Seite hat er sich bemüht, diese Flecken auf dem Hut zu verdecken, indem er sie mit Tinte überschmierte. Das ist wiederum ein Zeichen dafür, dass er seine Selbstachtung nicht völlig verloren hat.«

»Ihre Beweisführung klingt plausibel.«

»Die anderen Punkte, dass er mittleren Alters ist, ergraute Haare hat, die vor Kurzem geschnitten worden sind, und Brillantine benutzt, ergeben sich alle aus einer gründlichen Untersuchung des Hutfutters. Das Vergrößerungsglas offenbarte eine stattliche Anzahl durch die Schere eines Friseurs sauber abgeschnittener Haarspitzen. Sie blieben alle aneinander hängen, und es haftete ihnen ein deutlicher Geruch von Brillantine an. Wie Sie sehen, ist dieser Staub hier nicht grau und grobkörnig wie Straßenstaub, sondern braun und flaumig wie Hausstaub; also hängt dieser Hut die meiste Zeit im Haus. Die Feuchtigkeitsflecken auf dem Innenfutter beweisen, dass der Träger stark transpiriert und darum kaum in bester körperlicher Verfassung sein kann.«

»Aber seine Frau – Sie behaupten, dass sie aufgehört hat, ihn zu lieben.«

»Dieser Hut ist seit Wochen nicht mehr gebürstet worden. Wenn ich Sie so sehen würde, mein lieber Watson, mit einer einwöchigen Staubladung auf Ihrem Hut, und wenn Ihre Frau es Ihnen erlauben würde, so auszugehen, müsste ich befürchten, Sie hätten das Unglück gehabt, die Zuneigung Ihrer Frau zu verlieren.«

»Aber er könnte ja Junggeselle sein?«

»Nein, er brachte die Gans seiner Frau als Friedensangebot mit nach Hause. Erinnern Sie sich an die Karte am linken Gänsebein.«

»Sie haben auf alles eine Antwort. Aber woraus, um Himmels willen, schließen Sie, dass sich in seinem Haus keine Gasbeleuchtung befindet?«

»Ein oder zwei Talgflecken könnten zufällig auf dem Hut sein, aber ich habe nicht weniger als fünf entdeckt.

Ich denke, es besteht kein Zweifel, dass der Mann häufig mit brennendem Talg in Kontakt kommt – höchstwahrscheinlich steigt er abends mit dem Hut in der einen Hand und einer tropfenden Kerze in der anderen die Treppe hinauf. Wie dem auch sei, er kann niemals Talgflecken von einer Gasflamme bekommen. Sind Sie nun zufriedengestellt?«

»Es hört sich sehr ausgeklügelt an«, sagte ich und lachte. »Aber da kein Verbrechen verübt worden ist, wie Sie gerade selbst sagten, und außer dem Verlust einer Gans kein Unrecht geschehen ist, scheint mir, dass Ihre Überlegungen reine Energieverschwendung sind.«

Sherlock Holmes öffnete den Mund, um mir zu antworten. In diesem Moment flog die Tür auf, und Peterson, der Hotelportier, stürzte mit geröteten Wangen und einem fassungslosen Gesichtsausdruck ins Zimmer.

»Die Gans, Mr Holmes! Die Gans, Sir!«, keuchte er.

»Hm? Was ist mit ihr? Ist sie von den Toten auferstanden und aus dem Küchenfenster davongeflogen?« Holmes drehte sich ein wenig auf der Couch um, um den aufgeregten Mann besser sehen zu können.

»Sehen Sie, Sir! Schauen Sie, was meine Frau im Kropf der Gans gefunden hat!« Er streckte seine Hand aus: In der Mitte seines Handtellers lag ein irisierender blauer Stein, etwas kleiner als eine Bohne, aber von solcher Reinheit und solchem Glanz, dass er wie ein elektrischer Funke in der dunklen Höhlung der Hand aufblitzte.

Sherlock Holmes setzte sich mit einem Pfiff auf.

»Du lieber Gott, Peterson!«, rief er. »Da haben Sie wirklich einen Schatz gehoben! Ich nehme an, Sie wissen, um was es sich handelt.«

»Um einen Diamanten, Sir? Einen Edelstein. Er durchschneidet Glas, wie wenn es Kitt wäre.«

»Ist das nicht der blaue Karfunkel der Gräfin Morcar?«, stieß ich hervor.

»Genau! Ich sollte über seine Größe und seine Form informiert sein, denn ich habe die Verlustanzeige in den letzten Tagen in jeder Ausgabe der *Times* gelesen. Der Stein ist absolut einmalig, sein Wert kann nur geschätzt werden. Die ausgesetzte Belohnung von tausend Pfund entspricht sicherlich nicht einmal dem Zwanzigstel seines Marktpreises.«

»Tausend Pfund! Grundgütiger Gott!« Der Portier ließ sich in den Stuhl fallen und starrte uns einen um den anderen an.

»Das ist der Finderlohn. Ich weiß, dass die Gräfin aus sehr persönlichen Gründen bereit wäre, ihr halbes Vermögen zu opfern, um wieder in den Besitz dieses Steins zu gelangen.«

»Wenn ich mich recht erinnere, ist er im Hotel Cosmopolitan abhandengekommen«, bemerkte ich.

»So ist es, am zweiundzwanzigsten Dezember, also vor fünf Tagen. John Horner, ein Klempner, wurde beschuldigt, ihn aus dem Schmuckkasten der Dame entwendet zu haben. Das Beweismaterial gegen ihn war so belastend, dass er bereits unter Anklage gestellt wurde. Ich glaube, hier habe ich einen Zeitungsartikel über diesen Vorfall.« Er wühlte in seinen Zeitungen, überflog flüchtig die Ausgabedaten, bis er zu guter Letzt die gewünschte fand. Er strich die Zeitung glatt, faltete sie auseinander und las folgenden Absatz vor:

Juwelenraub im Hotel Cosmopolitan. John Horner, sechsundzwanzig Jahre alt, Klempner, wird beschuldigt, am Zweiundzwanzigsten dieses Monats einen wertvollen Edelstein, bekannt unter dem Namen Der blaue Karfunkel, *aus dem Schmuckkasten der Gräfin Morcar gestohlen zu haben. James Ryder, Hotelangestellter, gab zu Protokoll, dass er Horner am Tag des Raubes in das Ankleidezimmer der Gräfin Morcar geführt habe, wo er eine locker gewordene Eisenstange des Kamingitters reparieren sollte. Er blieb eine Zeit lang mit Horner dort, wurde aber dann weggerufen. Als er zurückkehrte, sah er, dass Horner verschwunden und der Schreibtisch gewaltsam geöffnet worden war. Ein kleines marokkanisches Schmuckkästchen, in dem, wie später verlautbart wurde, die Gräfin gewöhnlich ihren Stein aufbewahrte, lag leer auf dem Frisiertisch. Ryder alarmierte sofort die Polizei, und noch am selben Abend wurde Horner verhaftet. Aber der Stein konnte weder bei ihm noch in seiner Wohnung gefunden werden. Catherine Cusack, die Zofe der Gräfin, sagte aus, sie habe den entsetzten Schrei Ryders gehört, als dieser den Raub entdeckte, und sei sofort ins Zimmer geeilt, wo sie alles so vorfand, wie es der Zeuge Ryder beschrieben habe. Inspektor Bradstreet gab zu Protokoll, dass Horner sich bei seiner Verhaftung heftig zur Wehr gesetzt und seine Unschuld aufs Energischste beteuert habe. Da der Verhaftete bereits wegen Raubes vorbestraft war, weigerte sich der Polizeirichter, sich näher mit dem Delikt zu beschäftigen, und leitete den Fall sofort ans Geschworenengericht weiter. Horner war während der Gerichtsverhandlung sehr erregt und wurde bei der Urteilsverkündung ohnmächtig, sodass man ihn aus dem Gerichtssaal tragen musste.*

Hm! So weit der Polizeibericht«, meinte Holmes gedankenverloren und warf die Zeitung zur Seite. »Es stellt sich jetzt für uns das Problem, den Ablauf der Ereignisse zu rekonstruieren, die von einem ausgeraubten Schmuckkästchen am einen Ende zum Kropf einer Gans in der Tottenham Court Road am anderen Ende führen. Sie sehen, Watson, unsere kleinen Schlussfolgerungen haben plötzlich einen viel gewichtigeren und weniger harmlosen Aspekt bekommen. Hier ist der Stein: Der Stein tauchte aus der Gans auf, die Gans kam von Mr Henry Baker, dem Herrn mit dem zerbeulten Hut und all den anderen Besonderheiten, mit denen ich Sie gelangweilt habe. Wir müssen uns jetzt ernsthaft darum bemühen, diesen Gentleman ausfindig zu machen und in Erfahrung zu bringen, was für eine Rolle er in diesem kleinen Rätsel spielt. Um das zu ermitteln, sollten wir zuerst den einfachsten Weg einschlagen: eine Anzeige in allen Abendzeitungen. Sollte das zu nichts führen, werde ich auf andere Methoden zurückgreifen müssen.«

»Wie lautet der Text der Anzeige?«

»Bitte geben Sie mir einen Bleistift und ein Blatt Papier. Also: *Ecke Goodge Street eine Gans und einen schwarzen Filzhut gefunden. Der Besitzer, Mr Henry Baker, wird gebeten, heute Abend um 18.30 Uhr in die Baker Street, Nr. 221 B, zu kommen.* Das ist klar und deutlich.«

»Ja, aber wird er die Anzeige lesen?«

»Nun, er wird einen Blick auf die Zeitungen werfen, denn für einen armen Mann ist das ein schwerer Verlust.

Durch sein Pech mit der zerbrochenen Schaufensterscheibe und das Auftauchen Petersons war er so verstört, dass er nur noch an Flucht dachte. Aber seitdem hat er es sicherlich bitter bereut, seinen Vogel fallen gelassen zu haben. Die Erwähnung seines Namens macht es außerdem noch wahrscheinlicher, dass er die Anzeige sieht, denn jeder, der ihn kennt, wird ihn darauf aufmerksam machen. Peterson, hier ist der Text der Anzeige, bitte gehen Sie damit zur Anzeigenagentur und sorgen Sie dafür, dass die Anzeige in den Abendzeitungen erscheint.«

»In welchen, Sir?«

»Oh, im *Globe*, *Star*, *Pall Mall*, *St James's Gazette*, *Evening News*, *Standard*, *Echo* und allen anderen, die Ihnen noch einfallen.«

»Gern, Sir. Und was passiert mit dem Stein?«

»Ach ja, den werde ich verwahren. Vielen Dank! Und Peterson, ich meine, Sie sollten auf Ihrem Rückweg eine Gans kaufen und sie bei mir deponieren. Wir müssen doch dem Herrn die Gans ersetzen, die Sie jetzt mit Ihrer Familie verzehren.«

Als der Hotelportier gegangen war, nahm Holmes den Stein in die Hand und hielt ihn gegen das Licht. »Ein schönes Stück«, sagte er. »Schauen Sie nur, wie der Stein glitzert und funkelt. Natürlich ist er ein Quell des Verbrechens, das ist jeder schöne Edelstein. Juwelen sind die Lieblingsköder des Teufels. Bei größeren, älteren Steinen könnte jede Facette für eine Bluttat stehen. Dieser hier ist nicht älter als zwanzig Jahre. Er wurde am Ufer des Amoy-Flusses in Südchina gefunden und ist insofern bemerkenswert, als er jede der typischen Eigenschaften eines Karfunkels aufweist außer der Farbe: Blau statt Rubinrot. Obwohl er noch nicht sehr alt ist, besitzt er schon eine bewegte Lebensgeschichte. Zweieinhalb Gramm kristallisierter Kohlenstoff gaben Anlass zu zwei Morden, einer Vitriolverätzung, einem Selbstmord und verschiedenen Raubüberfällen. Wer kann sich vorstellen, dass ein so schönes Spielzeug ein Lieferant für Galgen und Gefängnisse ist? Ich schließe ihn jetzt in meinem Geldschrank ein und benachrichtige die Gräfin, dass wir den Stein haben.«

»Glauben Sie, dass dieser Horner unschuldig ist?«

»Ich weiß es nicht.«

»Oder meinen Sie eher, dass dieser andere Mann, Henry Baker, etwas mit der Sache zu tun hat?«

»Höchstwahrscheinlich ist Henry Baker ein absolut unschuldiger Mann, der nicht die leiseste Ahnung gehabt hat, dass die Gans, die er mit sich trug, beträchtlich wertvoller war, als wenn sie aus purem Gold bestanden hätte. Das werde ich allerdings mithilfe eines ganz einfachen Tests feststellen können, sobald wir eine Antwort auf unsere Anzeige haben.«

»Und bis dahin können Sie nichts unternehmen?«

»Nichts.«

»In diesem Fall werde ich jetzt meinen beruflichen Verpflichtungen nachgehen und meine Krankenbesuche machen. Aber ich werde abends zu der von Ihnen angegebenen Zeit zurückkehren, denn ich möchte doch die Lösung dieser ausgesprochen verwickelten Angelegenheit erfahren.«

»Ich freue mich, wenn Sie kommen. Ich esse um sieben zu Abend. Es stehen Waldschnepfen auf dem Speiseplan. In Anbetracht der letzten Ereignisse sollte ich Mrs Hudson vielleicht bitten, vorher den Kropf zu überprüfen.«

Durch einen Krankheitsfall verspätete ich mich etwas und gelangte erst nach halb sieben in die Baker Street. Als ich mich dem Haus näherte, sah ich im hellen Schein der Lünette einen großen Mann davorstehen, der eine Schottenmütze und einen bis zum Kinn zugeknöpften Mantel trug. Just in dem Moment, da ich dort eintraf, öffnete sich die Tür, und wir wurden beide in Holmes' Zimmer geführt.

»Ich nehme an, Sie sind Mr Henry Baker.« Holmes erhob sich aus einem Lehnsessel und begrüßte seinen Besucher mit jener lockeren, jovialen Art, die er so leicht annehmen konnte. »Bitte nehmen Sie doch am Feuer Platz, Mr Baker. Es ist ein kalter Abend, und ich stelle fest, dass Ihr Kreislauf eher dem Sommer als dem Winter angepasst ist. Ah, Watson, Sie kommen gerade zur rechten Zeit. Mr Baker, ist das Ihr Hut?«

»Ja, Sir, das ist zweifellos mein Hut.«

Er war ein großer Mann mit runden Schultern, einem voluminösen Kopf und einem breiten intelligenten Gesicht, das von einem graubraunen Spitzbart abgeschlossen wurde. Die leicht geröteten Nase und Wangen, das leichte Zittern der ausgestreckten Hand riefen in mir Holmes' Vermutungen in Bezug auf seine Gewohnheiten ins Gedächtnis zurück. Sein verschossener schwarzer Gehrock war bis oben hin zugeknöpft, der Kragen hochgeschlagen, und seine mageren Handgelenke ragten ohne Anzeichen für Manschetten oder Hemd aus den Ärmeln hervor. Er sprach mit einer leisen, stakkato artigen Stimme, wählte seine Worte sorgfältig und machte insgesamt den Eindruck eines gebildeten und belesenen Mannes, dem das Schicksal übel mitgespielt hat.

»Wir haben diese Dinge ein paar Tage für Sie aufbewahrt«, sagte Holmes, »weil wir erwarteten, eine Annonce mit Adressenangabe von Ihnen in der Zeitung zu finden. Ich verstehe eigentlich nicht, warum Sie keine Verlustanzeige aufgegeben haben.«

Unser Besucher lachte etwas beschämt. »Geld ist bei mir nicht mehr in dem Maße vorhanden wie früher einmal«, erwiderte er. »Ich bezweifelte nicht, dass die Bande Raufbolde, die mich angriffen, beides, Gans und Hut, mitgenommen hatten. Ich wollte nicht noch gutes Geld in einen hoffnungslosen Versuch stecken, Hut und Vogel wiederzuerhalten.«

»Sehr verständlich. Übrigens, was die Gans betrifft: Wir waren gezwungen, sie zu verspeisen.«

»Zu verspeisen!« Aufgeregt sprang unser Besucher von seinem Stuhl auf.

»Ja, es wäre niemandem damit gedient gewesen, wenn wir sie hätten verderben lassen. Aber ich vermute, dass diese Gans dort auf der Anrichte etwa dem Gewicht der anderen entspricht; sie ist ganz frisch und wird hoffentlich ebenso nützlich für Sie sein.«

»Oh, gewiss, gewiss«, antwortete Mr Baker mit einem Seufzer der Erleichterung.

»Wir haben natürlich noch die Federn, Beine und den Kropf Ihres Vogels, wenn Sie wünschen …«

Der Mann brach in aufrichtiges Gelächter aus. »Sie könnten mir höchstens als Erinnerungsstücke dienen«, sagte er, »aber abgesehen davon fällt mir wirklich kein sinnvoller Verwendungszweck für die disjecta membra meiner verstorbenen Bekannten ein. Nein, Sir, ich werde mit Ihrer Erlaubnis mein Interesse auf den prachtvollen Vogel beschränken, den ich auf der Anrichte erspähe.«

Sherlock Holmes warf mir einen bedeutsamen Blick zu und zuckte leicht mit den Schultern.

»Hier haben Sie Ihren Hut und Ihre Gans«, sagte er. »Übrigens, würde es Ihnen etwas ausmachen, mir zu verraten, wo Sie die andere Gans gekauft haben? Ich interessiere mich für Geflügelzucht, und ich meine, selten eine so gut gemästete Gans gesehen zu haben.«

»Selbstverständlich, Sir«, antwortete Baker. Er war aufgestanden und klemmte sich sein neu erworbenes Eigentum unter den Arm. »Einige von uns sind regelmäßig im Alpha Inn zu Gast, einem Pub in der Nähe des Museums – wir arbeiten im Museum, wissen Sie. Nun hat dieses Jahr unser Wirt, ein Mann namens Windigate, einen Gänseklub gegründet: Durch Einzahlung von ein paar Pence pro Woche in die Klubkasse sollten wir zu Weihnachten eine Gans erhalten. Ich habe meinen Anteil brav bezahlt; der Rest ist Ihnen bekannt. Sir, ich bin Ihnen sehr zu Dank verpflichtet, denn diese Schottenmütze entspricht weder meinem Alter noch meinem Status.« Er verbeugte sich mit komischer Würde vor uns und ging seines Wegs.

»So weit Mr Henry Baker«, meinte Holmes, als der Besucher die Tür hinter sich geschlossen hatte. »Es ist ziemlich sicher, dass er nichts von dieser Sache weiß. Sind Sie hungrig, Watson?«

»Nicht sehr.«

»Dann schlage ich vor, dass wir zu späterer Stunde essen und diese heiße Spur jetzt weiterverfolgen.«

»Auf alle Fälle!«

Es herrschte klirrende Kälte, sodass wir unsere Ulster überzogen und uns unsere Schals um den Hals schlangen.

Draußen funkelten die Sterne kalt vom wolkenlosen Himmel herab, und der Atem der Passanten stieg auf wie Rauchwölkchen aus Pistolenmündungen. Unsere Schritte hallten laut und deutlich auf dem Pflaster wider; über meine Wohngegend, über die Wimpole Street, Harley Street und die Wigmore Street gelangten wir schließlich in die Oxford Street. Eine Viertelstunde später waren wir in Bloomsbury im Alpha Inn, einem kleinen Pub an der Ecke einer der Straßen, die nach Holborn führen. Holmes stieß die Eingangstür auf. Wir setzten uns an einen Tisch, und mein Freund bestellte zwei Gläser Bier beim rotgesichtigen Wirt, der eine weiße Schürze trug.

»Ihr Bier muss hervorragend sein, wenn es so gut ist wie Ihre Gänse«, bemerkte Holmes.

»Meine Gänse!« Der Mann schien überrascht.

»Ja. Ich habe etwa vor einer halben Stunde mit Henry Baker gesprochen, der ein Mitglied Ihres Gänseklubs ist.«

»Ach so, ich verstehe. Aber wissen Sie, Sir, das sind nicht unsere Gänse.«

»Tatsächlich? Woher kommen sie denn?«

»Nun, ich erhielt zwei Dutzend Gänse von einem Händler in Covent Garden.«

»Wirklich! Ich kenne einige von ihnen. Welcher war es?«

»Er heißt Breckinridge.«

»Oh, der ist mir kein Begriff. So, auf Ihre Gesundheit, Herr Wirt, und viel Glück für Ihr Geschäft. Gute Nacht! … Auf zu Mr Breckinridge«, sagte Holmes und knöpfte seinen Mantel zu, als wir wieder in die frostige Nacht hinaustraten. »Vergessen Sie nicht, Watson, dass zwar so ein harmloses Ding wie eine Gans am einen Ende der Kette hängt, aber am anderen Ende ein Mann, der sicherlich zu sieben Jahren Zuchthaus verurteilt wird, wenn wir seine Unschuld nicht beweisen können. Es ist natürlich auch möglich, dass unsere Ermittlungen seine Schuld bestätigen. Aber auf jeden Fall befinden wir uns auf einer Fährte, die der Polizei unbekannt ist und uns nur durch einen einzigartigen Zufall in die Hände gespielt wurde. Lassen Sie sie uns bis zum bitteren Ende verfolgen. Also, Richtung Süden und vorwärts marsch!«

Wir gingen durch Holborn, die Endell Street entlang und dann durch ein Gewirr von schmutzigen Hintergassen zum Markt von Covent Garden. Auf einem der größten Verkaufsstände stand der Name *Breckinridge*. Der Inhaber, dem Aussehen nach ein Pferdenarr, mit scharfen Gesichtszügen und einem gepflegten Backenbart, war gerade dabei, einem Jungen beim Schließen der Rollläden zu helfen.

»Guten Abend. Kalt heute«, begann Holmes.

Der Händler nickte und sah meinen Freund fragend an. »Ich stelle fest, dass die Gänse ausverkauft sind«, fuhr Holmes fort und zeigte auf die leere Marmorplatte.

»Morgen früh können Sie fünfhundert Stück haben.«

»Das hilft mir nicht weiter.«

»Nun, es gibt noch welche dort an dem Stand mit der Gasbeleuchtung.«

»Oh, Sie sind mir aber empfohlen worden.«

»Wer hat mich empfohlen?«

»Der Wirt des Alpha Inn.«

»O ja, ich schickte ihm zwei Dutzend zu.«

»Wirklich prächtige Vögel. Von wem beziehen Sie sie?«

Zu meinem Erstaunen löste diese Frage einen Wutausbruch des Händlers aus.

»So, Mister«, schnaubte er, legte den Kopf schräg und stemmte die Arme in die Seiten, »worauf wollen Sie hinaus? Kommen Sie zur Sache, sofort.«

»Ganz einfach: Ich möchte gerne wissen, wer Ihnen die Gänse verkauft hat, die Sie ans Alpha Inn geliefert haben.«

»So, aber das verrate ich Ihnen nicht. Punktum.«

»Nun gut, es ist nichts von Bedeutung. Aber ich verstehe nicht, warum Sie sich über eine so belanglose Frage so aufregen können.«

»Aufregen! Sie würden sich auch aufregen, wenn Sie so belästigt würden wie ich. Wenn ich für gute Ware gutes Geld bezahle, sollte damit das Geschäft beendet sein. Aber nein, andauernd die Fragen ›Wo sind die Gänse?‹ und ›An wen haben Sie die Gänse verkauft?‹ und ›Was wollen Sie für die Gänse?‹. Man könnte glauben, es gäbe nur diese Gänse auf der Welt, wenn man sieht, was für ein Aufheben um diese Gänse gemacht wird.«

»Ich stehe in keinerlei Verbindung zu den anderen Leuten, die Ihnen diese Fragen gestellt haben«, erwiderte Holmes unbekümmert. »Wenn Sie es uns nicht verraten wollen, gilt die Wette eben nicht, das ist alles. Aber ich verstehe etwas von Geflügel, und deshalb habe ich einen Fünfer gewettet, dass die Gans, die ich gegessen habe, auf dem Land gezüchtet worden ist.«

»Nun, dann haben Sie Ihren Fünfer verloren, die Gans stammt aus einer Zucht in der Stadt«, schnauzte der Händler.

»Das kann nicht sein.«

»Wenn ich es aber sage.«

»Ich glaube Ihnen nicht.«

»Bilden Sie sich etwa ein, mehr von Geflügel zu verstehen als ich, der seit seiner frühesten Jugend damit handelt? Ich sage Ihnen, alle Gänse, die ans Alpha Inn geliefert wurden, kamen aus einer Zucht in der Stadt.«

»Sie werden mich nicht überzeugen. Ich glaube es nicht.«

»Wollen wir wetten?«

»Damit würde ich Ihnen nur das Geld aus der Tasche ziehen, denn ich weiß, dass ich recht habe. Aber ich werde einen Sovereign setzen, um Ihnen zu zeigen, dass man nicht so halsstarrig sein soll.«

Der Händler lachte grimmig. »Bill, bring mir die Bücher!«, rief er.

Der Bursche brachte ein kleines, dünnes Heft und ein großes Buch voller Fettflecke und legte beides unter die Lampe.

»So, Sie Besserwisser«, begann der Händler, »ich dachte, ich hätte alle Gänse verkauft, aber es scheint noch eine im Laden zu sein. Sehen Sie dieses kleine Heft?«

»Ja?«

»Das ist das Verzeichnis meiner Lieferanten. Sehen Sie? Hier auf dieser Seite stehen die Züchter auf dem Land, und die Zahlen hinter ihren Namen geben an, wo sich ihre Konten in dem Kassabuch finden lassen. Gut. Sehen Sie diese andere Seite mit der roten Tinte? Das ist die Liste der Züchter in der Stadt. Jetzt achten Sie auf den dritten Namen von oben. Lesen Sie ihn mir vor.«

»*Mrs Oakshott, 117 Brixton Road – 249*«, las Holmes vor.

»Richtig! Jetzt schlagen Sie das im Kassabuch auf.«

Holmes schlug die angegebene Seite auf. »Hier, *Mrs Oakshott, 117 Brixton Road, Eier- und Geflügellieferantin.*«

»Wann war die letzte Eintragung?«

»Am zweiundzwanzigsten Dezember. Vierundzwanzig Gänse zu sieben Shilling und sechs Pence das Stück.«

»Richtig. Und was steht darunter?«

»*Verkauft an Mr Windigate, Wirt vom Alpha Inn, zu je zwölf Shilling.*«

»Und was sagen Sie jetzt?«

Sherlock Holmes schaute äußerst zerknirscht drein. Er zog einen Sovereign aus seiner Tasche, warf ihn auf die Marmorplatte und wandte sich mit dem Gesicht eines Mannes ab, dessen tiefer Widerwillen sich nicht in Worte fassen lässt. Nach ein paar Schritten blieb er lautlos in sich hineinlachend unter einer Laterne stehen.

»Wenn Sie einen Mann mit einem so geschnittenen Backenbart sehen, dem ein Rennprogramm aus der Tasche ragt, können Sie ihn immer mit seiner Wettlust erwischen«, sagte er. »Wenn ich hundert Pfund vor diesen Mann hingelegt hätte, hätte ich keine so umfassende Information von ihm erhalten wie dadurch, dass ich ihn glauben ließ, er könne gegen mich eine Wette gewinnen. Nun, Watson, ich glaube, wir nähern uns dem Ende unserer Ermittlungen; im Moment müssen wir uns nur entscheiden, ob wir noch heute Abend zu Mrs Oakshott gehen oder ob wir es uns bis morgen aufsparen sollen. Nach dem, was dieser mürrische Herr sagte, sind offenbar noch andere außer uns an der Sache interessiert, und ich möchte …«

Seine Überlegungen wurden plötzlich von lautem Geschrei unterbrochen, das aus dem Verkaufsstand ertönte, den wir gerade verlassen hatten. Wir drehten uns um und sahen im Lichtkegel der schaukelnden Lampe einen kleinen Mann mit einem Rattengesicht; vor ihm stand Breckinridge, der Händler, und schüttelte wütend seine Fäuste gegen die sich duckende Gestalt.

»Jetzt habe ich aber genug von Ihnen und Ihren Gänsen«, brüllte er. »Ich wünsche euch alle zusammen zum Teufel! Wenn Sie mich noch einmal mit Ihrem dummen Gerede belästigen, hetze ich den Hund auf Sie. Bringen Sie mir Mrs Oakshott hierher, und ich werde ihr Rede und Antwort stehen. Aber was haben Sie damit zu tun? Habe ich die Gänse etwa von Ihnen gekauft?«

»Nein, aber eine von ihnen gehörte mir«, jammerte der kleine Mann.

»Dann fragen Sie Mrs Oakshott nach der Gans.«

»Sie sagte mir, ich solle Sie fragen.«

»Sie können meinetwegen den Kaiser von China fragen. Ich habe genug von Ihnen. Scheren Sie sich zum Teufel!«

Er machte wütend einen Schritt nach vorn, und der Mann floh in die Dunkelheit.

»Ha, das könnte uns den Besuch in der Brixton Road ersparen«, flüsterte Holmes. »Kommen Sie mit, wir wollen einmal nachsehen, was es mit diesem Burschen auf sich hat.« Mit großen Schritten bahnte er sich einen Weg durch die verschiedenen Menschengrüppchen, die noch vor den beleuchteten Verkaufsständen herumlungerten, holte den kleinen Mann rasch ein und klopfte ihm auf die Schulter. Der drehte sich erschrocken um, und im Gaslicht sah ich, dass er kreidebleich wurde.

»Wer sind Sie? Was wollen Sie?«, fragte er mit zitternder Stimme.

»Entschuldigen Sie bitte«, antwortete Holmes freundlich, »ich konnte nicht umhin, Ihre Fragen an den Händler mit anzuhören. Ich glaube, ich könnte Ihnen behilflich sein.«

»Sie? Wer sind Sie? Was können Sie von der Angelegenheit wissen?«

»Mein Name ist Sherlock Holmes. Es ist mein Beruf zu wissen, was andere Leute nicht wissen.«

»Aber von dieser Angelegenheit wissen Sie doch nichts?«

»Entschuldigen Sie, aber ich weiß alles darüber. Sie bemühen sich, einige Gänse aufzuspüren, die von Mrs Oakshott in der Brixton Road an einen Händler namens Breckinridge verkauft worden sind, der sie wiederum an Mr Windigate, dem Wirt vom Alpha Inn, lieferte. Mr Windigate schließlich händigte sie seinem Gänseklub aus, dessen Mitglied Henry Baker ist.«

»O Sir, Sie sind genau der Mann, nach dem ich gesucht habe«, rief der kleine Mann mit ausgestreckten Händen und zitternden Fingern. »Ich kann Ihnen gar nicht sagen, wie interessiert ich an der Sache bin.«

Sherlock Holmes winkte eine an uns vorüberfahrende Droschke heran. »In diesem Fall sollten wir uns besser in einem gemütlichen Raum als auf einem windigen

Marktplatz unterhalten. Aber bitte, bevor wir gehen, wem habe ich das Vergnügen helfen zu können?«

Der Mann zögerte einen Augenblick. »Mein Name ist John Robinson«, antwortete er mit einem Seitenblick.

»Nein, nein, bitte Ihren richtigen Namen«, sagte Holmes betont freundlich. »Es ist immer so unangenehm, mit einem Alias Geschäfte zu tätigen.«

Die aschfahlen Wangen des Fremden röteten sich leicht. »Mein richtiger Name ist James Ryder.«

»Richtig, der Angestellte aus dem Hotel Cosmopolitan. Steigen Sie doch bitte in die Droschke ein. Ich werde Ihnen bald alles erzählen können, was Sie wissen möchten.«

Der kleine Mann blickte vom einen zum anderen mit einem halb erschrockenen, halb hoffnungsvollen Blick, wie jemand, der nicht weiß, ob er sich am Rand eines unerwarteten Glücksfalls oder am Rand einer Katastrophe befindet. Er stieg in den Wagen, und eine halbe Stunde später saßen wir im Wohnzimmer in der Baker Street. Während der Fahrt wurde nicht gesprochen, aber die schnelle, flache Atmung unseres neuen Gefährten und die unruhigen Hände sprachen für seine Nervosität.

»So, da wären wir!«, erklärte Holmes fröhlich, als wir den Raum betraten. »Ein Kaminfeuer ist in dieser Jahreszeit wirklich sehr angebracht. Mr Ryder, Sie sehen so verfroren aus. Nehmen Sie doch bitte im Korbstuhl Platz. Ich ziehe mir nur noch meine Hausschuhe an, bevor wir zu Ihrem kleinen Anliegen kommen. So! Sie möchten gerne wissen, was aus den Gänsen geworden ist?«

»Ja, Sir.«

»Oder vielleicht aus der einen Gans. Ich glaube, es ist nur ein Vogel, an dem Sie besonders interessiert sind – weiß, mit einem schwarzen Streifen auf dem Schwanz.«

Ryder zitterte vor Erregung. »O Sir«, rief er, »wissen Sie etwa, wohin sie gelangte?«

»Ja, hierher.«

»Hierher?«

»Ja, und es zeigte sich, dass sie eine äußerst beachtliche Gans war. Es wundert mich nicht, dass Sie an ihr interessiert sind. Sie legte noch ein Ei, als sie schon tot war – das schönste, leuchtendste kleine blaue Ei, das ich je gesehen habe. Ich habe es hier in meine Sammlung aufgenommen.«

Unser Besucher erhob sich schwankend und ergriff mit seiner rechten Hand den Kaminsims. Holmes schloss seinen Safe auf und hielt den blauen Karfunkel in die Höhe, der sein kaltes, funkelndes Licht wie ein Stern rundum erstrahlen ließ. Ryder stierte ihn mit einem verzerrten Gesichtsausdruck an, unsicher, ob er seinen Anspruch darauf geltend machen sollte oder nicht.

»Das Spiel ist aus, Ryder«, sagte Holmes ruhig. »Halten Sie sich fest, oder Sie werden ins Feuer fallen. Watson, helfen Sie ihm in seinen Stuhl zurück. Er ist nicht kaltblütig genug, um ein schweres Kapitalverbrechen straffrei verüben zu können. Geben Sie ihm einen Schluck Brandy! So, nun sieht er schon etwas menschlicher aus. Was für ein Schwächling, wirklich!«

Einen Moment lang taumelte Ryder und wäre beinahe hingefallen, aber der Brandy brachte wieder etwas Farbe in seine Wangen, und er saß mit starrem und erschrockenem Blick seinem Ankläger gegenüber.

»Ich habe fast den lückenlosen Ablauf der Ereignisse beisammen und alle Beweise, die ich benötige. Es gibt also nur wenig, was Sie mir noch erzählen müssen. Aber dieses wenige könnten wir auch noch klären, um den Fall abzurunden. Sie hatten vom blauen Stein der Gräfin Morcar gehört, Ryder?«

»Catherine Cusack hatte mir davon erzählt«, antwortete er mit gebrochener Stimme.

»Aha, die Zofe der Gräfin? Nun, der Versuchung, so leicht in einen plötzlichen Wohlstand zu gelangen, konnten Sie nicht widerstehen; schon bessere Männer als Sie sind dieser Versuchung erlegen. Aber Sie waren nicht skrupellos genug. Trotzdem scheint es mir, Ryder, dass in Ihnen ein großer Schuft steckt. Sie wussten, dass dieser Mann, Horner, der Klempner, schon einmal in eine ähnliche Angelegenheit verwickelt war und dass der Verdacht sofort auf ihn fallen würde. Was taten Sie? Sie verursachten einen kleinen Schaden im Ankleidezimmer der Gräfin – Sie und Ihre Komplizin Cusack – und arrangierten es so, dass ausgerechnet Horner zum Reparieren geholt wurde. Dann, nachdem Horner gegangen war, plünderten Sie den Schmuckkasten, schlugen Alarm, und dieser unglückselige Mann wurde festgenommen. Sie haben dann …«

Ryder warf sich plötzlich auf den Teppich nieder und umfasste die Beine meines Freundes. »Um Himmels willen, lassen Sie Gnade walten!«, stieß er schrill hervor. »Denken Sie an meinen Vater! An meine Mutter! Es würde ihnen das Herz brechen. Ich habe bisher noch nie in meinem Leben etwas Unrechtes getan! Ich will es nicht wieder tun. Ich schwöre es. Ich schwöre es bei

Gott. Oh, bringen Sie den Fall nicht vor Gericht! Um Gottes willen, bitte nicht!«

»Setzen Sie sich wieder auf Ihren Stuhl!«, befahl Holmes streng. »Es ist sehr einfach, jetzt zu flehen und auf dem Boden zu kriechen, aber Sie haben kaum einen Gedanken an diesen armen Horner verschwendet, der für ein Verbrechen auf der Anklagebank sitzt, von dem er nichts weiß.«

»Ich werde fliehen, Mr Holmes. Ich werde das Land verlassen, Sir. Damit würde der Verdacht von ihm genommen.«

»Hm! Wir werden noch darauf zurückkommen. Und jetzt lassen Sie uns den wahren Sachverhalt im nächsten Akt des Dramas wissen. Wie gelangte der Stein in den Schlund der Gans? Und wie kam es dazu, dass die Gans zum Verkauf feilgeboten wurde? Sagen Sie uns die Wahrheit, darin liegt Ihre einzige Chance.«

Ryder befeuchtete seine trockenen Lippen. »Ich werde Ihnen genau berichten, wie es geschehen ist, Sir«, sagte er. »Als Horner verhaftet wurde, dachte ich, dass es das Beste wäre, den Stein verschwinden zu lassen. Denn ich wusste ja nicht, in welchem Moment es der Polizei nicht doch einfallen könnte, mich und mein Zimmer zu durchsuchen. Im Hotel existierte kein sicheres Versteck. So verließ ich das Hotel, als ob ich etwas Berufliches zu erledigen hätte, und begab mich direkt zu meiner Schwester. Sie hat einen Mann namens Oakshott geheiratet und lebt in der Brixton Road, wo sie Geflügel für den Verkauf mästet. Auf dem Weg dorthin meinte ich, dass jeder, dem ich begegnete, ein Polizist oder ein Detektiv wäre. Obwohl es ein kalter Abend war, brach mir der Schweiß aus, bevor ich noch in die Brixton Road kam. Meine Schwester fragte mich, warum ich so blass wäre. Ich erzählte ihr, dass ich so aufgeregt wäre wegen eines Juwelenraubs im Hotel. Dann betrat ich den Hinterhof, rauchte eine Pfeife und überlegte, was am besten zu tun wäre.

Ich hatte einmal einen Freund namens Maudsley, der auf die schiefe Bahn geraten war und seine Zeit im Gefängnis von Pentonville gerade abgesessen hatte. Eines Tages war ich ihm zufällig begegnet, und wir kamen auf die Methoden von Dieben zu sprechen, wie sie ihr Diebesgut loswerden können. Ich wusste, dass ich mich auf ihn verlassen konnte, weil ich ein, zwei Geheimnisse von ihm kannte. So entschloss ich mich, sofort zu ihm nach Kilburn zu fahren und ihn ins Vertrauen zu ziehen. Er würde mir den Weg zeigen, wie man diesen Stein zu Geld macht. Aber wie konnte ich den Stein sicher zu ihm nach Kilburn bringen? Ich erinnerte mich an die Ängste, die ich durchgestanden hatte, als ich vom Hotel zu meiner Schwester lief. Jeden Moment könnte ich gefasst und durchsucht werden, und dann wäre der Stein in meiner Westentasche! Ich lehnte mich gegen die Mauer und schaute auf die vor mir herumwatschelnden Gänse. Plötzlich schoss mir eine Idee durch den Kopf, mit der ich den besten Detektiv der Welt überlisten konnte.

Meine Schwester hatte mir vor einigen Wochen angeboten, dass ich mir als Weihnachtsgeschenk eine ihrer Gänse auswählen dürfte. Ich wusste, dass sie Wort halten würde. Ich beschloss, die Gans jetzt zu nehmen und den Stein in ihr nach Kilburn zu transportieren. Auf dem Hof stand ein kleiner Schuppen. Hinter diesen trieb ich eine der Gänse, ein prachtvolles, großes weißes Tier mit einem schwarzen Streifen auf dem Schwanz. Ich schnappte sie mir, zwängte ihren Schnabel auf und steckte ihr den Stein so weit in den Hals hinunter, wie ich nur mit den Fingern reichen konnte. Der Vogel schluckte den Stein, und ich fühlte ihn die Speiseröhre bis zum Kropf hinabrutschen. Aber das Tier wehrte sich und schlug mit den Flügeln, sodass meine Schwester herauskam, um sich nach dem Anlass der Unruhe zu erkundigen. Als ich mich umdrehte, um mit ihr zu reden, befreite sich das Vieh und flatterte eiligst zu den anderen zurück.

›Was hast du mit dem Vogel gemacht, Jem?‹, fragte sie.

›Nun‹, antwortete ich, ›du hast mir eine Gans zu Weihnachten versprochen, und ich fühlte jetzt, welches die fetteste sei.‹

›Oh‹, erwiderte sie, ›wir haben dir schon eine reserviert. Wir nennen sie immer Jems Vogel. Es ist die große weiße Gans dort drüben. Wir haben sechsundzwanzig Stück; eine für dich, eine für uns und zwei Dutzend für den Markt.‹

›Vielen Dank, Maggi‹, sagte ich, ›aber wenn es dir recht ist, würde ich gern die haben, die ich grade in der Hand hatte.‹

›Die andere ist aber um gut drei Pfund schwerer‹, meinte sie, ›und wir haben sie extra für dich gemästet.‹

›Macht nichts! Ich möchte die andere haben und sie jetzt mitnehmen.‹

›Wie du meinst‹, sagte sie etwas beleidigt. ›Welche willst du denn?‹

›Die weiße mit dem schwarzen Streifen auf dem Schwanz, da rechts mitten in der Schar.‹

›In Ordnung! Schlachte sie und nimm sie mit.‹

Nun, ich tat, wie mir geheißen wurde, Mr Holmes, und trug den Vogel nach Kilburn. Ich erzählte meinem Freund, was ich getan hatte, denn ihm gegenüber brauchte ich mich nicht zu genieren. Er lachte sich halb tot. Wir griffen nach einem Messer und nahmen die Gans aus. Mein Herz blieb stehen, als wir keinen Stein fanden und mir klar wurde, dass mir ein schrecklicher Fehler unterlaufen war. Ich ließ die Gans Gans sein, rannte eiligst zu meiner Schwester zurück und stürzte auf den Hinterhof. Dort war keine Gans mehr zu sehen.

›Wo sind denn die Gänse, Maggi?‹, schrie ich.

›Beim Händler.‹

›Bei welchem Händler?‹

›Breckinridge, in Covent Garden.‹

›Gab es noch eine andere Gans mit einem schwarzen Streifen auf dem Schwanz?‹, fragte ich. ›Das heißt, eine ähnliche wie die, die ich ausgewählt habe?‹

›Ja, Jem, es gab zwei Gänse mit gestreiften Schwänzen, und ich konnte sie auch nie auseinanderhalten.‹

Natürlich erklärte diese Auskunft alles, und ich rannte, so schnell ich konnte, zu diesem Händler Breckinridge. Aber er hatte die ganze Lieferung auf einmal verkauft, und mit keinem einzigen Wort wollte er mir verraten, wo sie hingewandert waren. Sie haben ihn heute Abend selbst gehört. In dieser Art hat er mir jedes Mal geantwortet. Meine Schwester glaubt, dass ich langsam verrückt werde. Manchmal glaube ich das selbst. Und jetzt – jetzt bin ich als Dieb gezeichnet, ohne je etwas von dem Reichtum gehabt zu haben, für den ich meinen Charakter verkauft habe. Gott, hilf mir! Gott, hilf mir!« Er brach in heftiges Schluchzen aus und schlug die Hände vors Gesicht.

Es folgte eine lange Pause, in der nur sein schwerer Atem und das Trommeln von Sherlock Holmes' Fingerspitzen auf der Tischplatte zu hören waren. Dann erhob sich mein Freund und riss die Tür auf.

»Hinaus!«, sagte er.

»Was, Sir! Der Himmel segne Sie!«

»Kein Wort mehr! Raus!«

Es waren keine Worte mehr nötig. Er eilte hinaus, polterte die Treppe hinunter, schlug die Tür hinter sich zu und rannte schnellen Fußes auf der Straße davon.

»Schließlich, Watson«, meinte Holmes, während er nach seiner Tonpfeife griff, »bin ich nicht verpflichtet, die Fehler der Polizei auszubügeln. Wenn Horner Gefahr gedroht hätte, wäre es eine andere Sache, aber dieser Bursche wird nicht gegen ihn aussagen, und so muss der Fall ad acta gelegt werden. Ich vermute, dass ich gesetzwidrig handle, aber es ist möglich, dass ich damit eine Seele rette. Dieser Mann wird nie mehr vom rechten Pfad abkommen. Er ist zu erschrocken. Schicken Sie ihn jetzt ins Gefängnis, und er bleibt für immer ein Krimineller. Außerdem haben wir gerade die Zeit der Vergebung. Der Zufall hat uns ein einzigartiges, wunderliches Rätsel aufgegeben, und die Lösung ist unsere schönste Belohnung. Seien Sie so freundlich und klingeln Sie, Doktor, wir werden mit einer anderen Ermittlung beginnen, in der ebenfalls ein Vogel die Hauptrolle spielen wird.«

G. K. Chesterton

Die flüchtigen Sterne

Ein Fall für Father Brown

Das schönste Verbrechen, das ich je begangen habe«, pflegte Flambeau in seinen hochmoralischen alten Tagen zu sagen, »war zugleich durch einen sonderbaren Zufall auch mein letztes. Ich habe es zu Weihnachten begangen. Als Künstler habe ich immer versucht, Verbrechen passend zu der Jahreszeit oder Landschaft hervorzubringen, in der ich mich gerade befand, indem ich für jedes tragische Ereignis diese oder jene Terrasse, diesen oder jenen Garten aussuchte, wie für eine Statue. Landedelleute sollte man also in großen, eichenholzgetäfelten Räumen hereinlegen; jüdische Bankiers sollten sich hingegen plötzlich im lichtüberfluteten Café Riche bar ihres Geldes wiederfinden. Wenn ich daran dächte, in England einen Dechanten von seinen Reichtümern zu befreien (was nicht so einfach ist, wie man annehmen könnte), würde ich daran denken, wenn Sie verstehen, was ich meine, ihn mit den grünen Rasenflächen und den grauen Türmen irgendeiner Bischofsstadt zu umrahmen. Ähnlich befriedigte es mich, wenn ich in Frankreich Geld aus einem reichen und bösartigen Bauern herausgeholt hatte (was nahezu unmöglich ist), sein wütendes Haupt sich vor einer grauen Reihe beschnittener Pappeln abheben zu sehen, und vor jenen feierlichen Ebenen Galliens, über denen der mächtige Geist Millets brütet.

Mein letztes Verbrechen also war ein Weihnachtsverbrechen, ein fröhliches, gemütliches, englisches Mittelstandsverbrechen; ein Verbrechen à la Charles Dickens. Ich beging es in einem guten alten Mittelklassehaus in der Nähe von Putney, einem Haus mit einer halbmondförmigen Kutschenauffahrt, einem Haus mit einer Stallung an der Seite, einem Haus mit dem Namen an den beiden Außentoren, einem Haus mit einem Affenbaum. Genug, Sie kennen das ja. Ich glaube, dass meine Nachahmung des Stils von Dickens genau und literarisch war. Und fast tut es mir leid, dass ich noch am gleichen Abend bereute.«

Und dann pflegte Flambeau die Geschichte von innen her zu erzählen; und selbst von innen her war sie sonderbar. Von außen gesehen war sie vollkommen unverständlich, aber von außen her muss der Fremde sie studieren. Von diesem Blickpunkt aus kann man sagen, dass das Drama begann, als die Vordertür des Hauses mit der Stallung sich auf den Garten mit dem Affenbaum hin öffnete und ein junges Mädchen mit Brotkrumen herauskam, um am Nachmittag des zweiten Weihnachtstages die Vögel zu füttern. Sie hatte ein hübsches Gesicht mit unerschrockenen braunen Augen; ihre Gestalt aber war jenseits aller Mutmaßungen, denn sie war so in braune Pelze eingehüllt, dass es schwer zu sagen war, was nun Haar und was Pelz war. Ohne das anziehende Gesicht hätte man sie für einen kleinen Teddybären halten können.

Der Winternachmittag ging in die Abendröte über,

und schon lag ein rubinenes Licht auf den blumenlosen Beeten und schien sie mit dem Geist der toten Rosen zu füllen. Auf der einen Seite des Hauses stand die Stallung, auf der anderen führte eine Allee oder ein Kreuzgang aus Lorbeer zu einem größeren Garten im Hintergrund. Die junge Dame schlenderte, nachdem sie den Vögeln Brot hingestreut hatte (zum vierten oder fünften Mal an diesem Tag, da der Hund es fraß), zurückhaltend den Lorbeerpfad entlang und dahinter in eine schimmernde Pflanzung Immergrün hinein. Hier stieß sie einen Ruf der Überraschung, wirklicher oder ritueller, aus und sah über sich an der hohen Gartenmauer hinauf, auf der in einigermaßen phantastischem Reitsitz eine einigermaßen phantastische Gestalt saß.

»Springen Sie nicht, Mr Crook«, rief sie ziemlich besorgt; »das ist viel zu hoch.«

Das Individuum, das die Grenzmauer wie ein Luftross ritt, war ein großer kantiger junger Mann, dessen dunkles Haar wie eine Bürste hochstand, mit gescheiten und sogar vornehmen Gesichtszügen, doch von blassem und fast fremdartigem Teint. Der zeigte sich umso deutlicher, weil er eine herausfordernd rote Krawatte trug, der einzige Teil seiner Bekleidung, dem er irgendeine Aufmerksamkeit gewidmet zu haben schien. Vielleicht war sie ein Symbol. Er nahm von der beunruhigten Beschwörung des Mädchens keine Notiz, sondern sprang wie ein Heuschreck neben ihr auf den Boden, wobei er sich sehr leicht die Beine hätte brechen können.

»Mir scheint, ich war eigentlich zum Einbrecher bestimmt«, sagte er ruhig, »und ich zweifle nicht daran, dass ich einer geworden wäre, wenn ich nicht zufällig in dem netten Haus nebenan zur Welt gekommen wäre. Im Übrigen kann ich daran nichts Böses finden.«

»Wie können Sie nur so etwas sagen?«, wies sie ihn zurecht.

»Na ja«, sagte der junge Mann, »wenn man auf der falschen Seite der Mauer geboren ist, kann ich nichts Falsches darin sehen, wenn man über sie klettert.«

»Ich weiß nie, was Sie als Nächstes sagen oder tun werden«, sagte sie.

»Das weiß ich oft selbst nicht«, erwiderte Mr Crook; »auf jeden Fall aber bin ich jetzt auf der richtigen Seite der Mauer.«

»Und was ist die richtige Seite der Mauer?«, fragte die junge Dame lächelnd.

»Immer die, auf der Sie sich befinden«, sagte der junge Mann namens Crook.

Als sie zusammen durch den Lorbeer zum Vordergarten gingen, ertönte dreimal eine Autohupe, jedes Mal näher, und ein Wagen von beachtlicher Geschwindigkeit, großer Eleganz und blassgrüner Farbe fegte wie ein Vogel vor die Vordertür und blieb dort zitternd stehen.

»Sieh an, sieh an!«, sagte der junge Mann mit der roten Krawatte. »Das ist einer, der auf jeden Fall auf der richtigen Seite geboren wurde. Ich wusste nicht, Miss Adams, dass Ihr Weihnachtsmann so modern ist.«

»Ach, das ist nur mein Patenonkel, Sir Leopold Fischer. Er kommt immer am zweiten Weihnachtstag.«

Dann fügte Ruby Adams nach einer unschuldigen Pause, die unbewusst einen gewissen Mangel an Begeisterung verriet, hinzu: »Er ist sehr nett.«

John Crook, Journalist, hatte schon von dem bedeutenden Magnaten aus der City gehört; und es war nicht sein Fehler, wenn der Magnat aus der City nichts von ihm gehört hatte; denn in bestimmten Artikeln in *The Clarion* oder *The New Age* war Sir Leopold sehr harsch behandelt worden. Aber er sagte nichts, sondern beobachtete grimmig die Entladung des Wagens, die eine ziemlich langwierige Veranstaltung war. Ein großer reinlicher Chauffeur in Grün stieg vorne aus, und ein kleiner reinlicher Diener in Grau stieg hinten aus, und gemeinsam setzten sie Sir Leopold an der Türschwelle ab und begannen, ihn wie ein sehr sorgsam verschnürtes Paket auszupacken. Genug Decken für einen Basar, Pelze von allem Getier des Waldes und Schals in allen Farben des Regenbogens wurden eins nach dem anderen abgewickelt, bis sie etwas den menschlichen Formen Ähnliches freigaben; die Form eines freundlich, aber ausländisch aussehenden alten Herrn, mit einem grauen Ziegenbart und einem strahlenden Lächeln, der seine dicken Pelzhandschuhe aneinanderrieb.

Lange bevor diese Enthüllung abgeschlossen war, öffneten sich die beiden mächtigen Flügel der Eingangstür in der Mitte, und Oberst Adams (der Vater der bepelzten jungen Dame) trat höchstselbst hervor, um seinen bedeutenden Gast hineinzubitten. Er war ein großer sonnenverbrannter und sehr schweigsamer Mann, der eine rote Hauskappe trug wie einen Fez, die ihn wie einen jener englischen Sirdars oder Paschas in Ägypten aussehen ließ. Ihn begleitete sein Schwager namens John Blount, kürzlich erst aus Kanada eingetroffen, ein großer und ziemlich lärmiger junger Grundbesitzer mit gelbem Bart. Ihn begleitete ferner die sehr viel bedeutungslosere Gestalt des Priesters der benachbarten katholischen Kirche; denn die verstorbene Frau des Obersts war katholisch gewesen, und die Kinder waren, wie es in solchen Fällen üblich ist, in ihrem Glauben erzogen worden. Alles an diesem Priester erschien unauffällig, bis hin zu seinem Namen, der Brown war; aber der Oberst hatte ihn immer einen irgendwie angenehmen Gesellschafter gefunden und lud ihn oft zu solchen familiären Zusammenkünften ein.

In der großen Eingangshalle des Hauses war genügend Platz selbst für Sir Leopold und die Entfernung seiner Umhüllungen. Portal und Eingangshalle waren für die Größe des Hauses wirklich ungewöhnlich geräumig, und sie formten zusammen einen großen Raum, mit der Eingangstür am einen Ende und dem Treppenaufgang am anderen. Der Vorgang wurde vor dem mächtigen Kaminfeuer in der Halle, über dem des Obersts Säbel hing, abgeschlossen, und die Gesellschaft, einschließlich des düsteren Crook, wurde Sir Leopold Fischer vorgestellt. Dieser verehrungswürdige Finanzmann schien indes immer noch mit Teilen seiner gut geschnittenen Bekleidung zu kämpfen und brachte schließlich aus der innersten Tasche seiner Frackschöße ein schwarzes ovales Etui hervor, zu dem er strahlend erklärte, das sei sein Weihnachtsgeschenk für sein Patenkind. Mit unbefangenem Stolz, der etwas Entwaffnendes hatte, hielt er ihnen allen das Etui hin; auf einen leichten Druck hin sprang es auf und blendete sie fast. Es war, als wäre vor ihren Augen ein Kristallspringbrunnen emporgeschossen. In einem Nest aus orangefarbenem Samt lagen wie drei Eier drei weiße funkelnde Diamanten, die die Luft um sie herum in Brand zu setzen schienen. Fischer stand da, strahlte wohlwollend und berauschte sich an der Freude und dem Entzücken des Mädchens, der grimmigen Bewunderung und dem bärbeißigen Dank des Obersts, dem Staunen der ganzen Gruppe.

»Ich werde sie wieder wegstecken, mein Liebling«, sagte Fischer und gab das Etui seinen Frackschößen zurück. »Ich musste auf sie aufpassen, während ich herfuhr. Das sind die drei großen afrikanischen Diamanten, die man ›Die flüchtigen Sterne‹ nennt, weil sie so oft gestohlen wurden. Alle bedeutenden Verbrecher sind ihnen auf der Spur; aber selbst die kleinen Gauner in den Straßen und Hotels könnten kaum ihre Finger davon lassen. Sie hätten mir auf dem Weg hierher durchaus abhandenkommen können. War gut möglich.«

»Was nur natürlich wäre«, knurrte der Mann mit der roten Krawatte. »Ich könnt's ihnen nicht übel nehmen, wenn die sich die geschnappt hätten. Wenn sie um Brot betteln und man ihnen nicht mal Steine gibt, dürfen sie sich die Steine ruhig selbst nehmen.«

»Ich will nicht, dass Sie so reden«, rief das Mädchen in eigenartiger Erregung. »Sie reden nur noch so, seit Sie ein schrecklicher Ich-weiß-nicht-was geworden sind. Sie wissen, was ich meine. Wie nennt man noch einen Mann, der sogar Schornsteinfeger umarmen möchte?«

»Einen Heiligen«, sagte Father Brown.

»Ich glaube«, sagte Sir Leopold mit einem hochmütigen Lächeln, »dass Ruby einen Sozialisten meint.«

»Ein Radikaler sein bedeutet nicht, von Radieschen zu leben«, bemerkte Crook mit einiger Ungeduld; »und ein Konservativer sein bedeutet nicht, Marmelade einzukochen. Ebenso wenig bedeutet Sozialist sein, das versichere ich Ihnen, ein Mann zu sein, der sich nach einem gesellschaftlichen Abend mit einem Schornsteinfeger sehnt. Ein Sozialist ist ein Mann, der wünscht, dass alle Schornsteine gefegt und alle Schornsteinfeger dafür bezahlt werden.«

»Aber der nicht erlaubt«, warf der Priester mit leiser Stimme ein, »dass man den eigenen Ruß besitzt.«

Crook sah ihn interessiert und fast respektvoll an. »Wer will denn Ruß besitzen?«, fragte er.

»Der eine oder andere«, sagte Brown mit nachdenklichem Gesicht. »Ich habe gehört, dass Gärtner ihn verwenden. Und ich habe einmal sechs Kinder zu Weihnachten glücklich gemacht, als der Zauberer nicht kam, nur mit Ruß – äußerlich angewendet.«

»Oh, herrlich«, rief Ruby. »Ach, ich wünsche mir so sehr, dass Sie das mit uns tun würden.«

Der lärmige Kanadier, Mr Blount, ließ seine laute Stimme zustimmend erschallen, und der verblüffte Finanzmann die seine (in bemerkenswerter Ablehnung), als ein Klopfen an der doppelten Eingangstür ertönte. Der Priester öffnete sie, und wieder sah man durch sie den Vorgarten mit Immergrün und Affenbaum und allem, das jetzt vor einem prachtvollen violetten Sonnenuntergang Dunkelheit ansammelte. Die so umrahmte Szene war dermaßen farbenprächtig und seltsam wie der Hintergrund einer Bühne, dass sie für einen Augenblick die unbedeutende Gestalt vergaßen, die in der Tür stand. Er sah verstaubt aus und steckte in einem abgetragenen Mantel, offenbar ein einfacher Bote. »Einer von Ihnen, Mr Blount?«, fragte er und hielt unschlüssig einen

Brief vor sich hin. Mr Blount fuhr auf und hielt inne mit seinen Beifallsrufen. Er riss den Umschlag offensichtlich überrascht auf und las; sein Gesicht verdüsterte sich und hellte dann wieder auf, und er wandte sich an seinen Schwager und Gastgeber.

»Tut mir leid, dass ich so eine Plage bin, Oberst«, sagte er in der fröhlich-konventionellen Art der Menschen aus den Kolonien; »aber würde es Sie stören, wenn mich heute Abend ein alter Bekannter in Geschäften hier aufsuchte? Wissen Sie, es ist Florian, der berühmte französische Akrobat und Komiker; ich habe ihn vor Jahren draußen im Westen kennengelernt (er ist von Geburt Frankokanadier), und er scheint irgendein Geschäft für mich zu haben, obwohl ich keine Ahnung habe, was.«

»Natürlich, natürlich«, antwortete der Oberst sorglos. »Mein Lieber, jeder Ihrer Freunde ist willkommen. Er wird sich sicherlich als eine Bereicherung herausstellen.«

»Der wird sich sein Gesicht schwarz anmalen, wenn Sie das meinen«, rief Blount lachend. »Der wird euch allen was vormachen. Mir nur recht; ich bin nicht anspruchsvoll. Ich liebe die fröhliche alte Pantomime, in der sich ein Mann auf seinen Zylinder setzt.«

»Aber bitte nicht auf meinen«, sagte Sir Leopold Fischer würdevoll.

»Schon recht«, sagte Crook leichthin, »keinen Streit deswegen. Schließlich gibt es billigere Späße, als sich auf einen Zylinder zu setzen.«

Abneigung gegen den rot beschlipsten Jüngling, sowohl wegen seiner raubsüchtigen Ansichten als auch wegen seiner offenkundigen Vertrautheit mit dem hübschen Patenkind, veranlasste Fischer dazu, in seiner sarkastischsten und belehrendsten Art zu sagen: »Zweifellos haben Sie etwas entdeckt, was noch billiger ist, als auf einem Zylinder zu sitzen. Was ist das bitte?«

»Zum Beispiel, einen Zylinder auf sich sitzen zu lassen«, sagte der Sozialist.

»Halt, halt, halt«, rief der Kanadier in seiner barbarischen Gutmütigkeit, »wir wollen einen fröhlichen Abend doch nicht verderben. Ich meine, wir sollten heute Abend etwas für die Geselligkeit tun. Nicht Gesichter anschwärzen oder auf Hüten sitzen, wenn ihr das nicht mögt – aber irgendwas in der Art. Warum führen wir nicht eine gute altenglische Pantomime auf, so mit Clown und Columbine und so. Ich habe eine gesehen, als ich England als Zwölfjähriger verließ, und seither funkelt sie wie ein Feuerwerk in meiner Erinnerung. Und als ich im vergangenen Jahr nach England zurückkomme, muss ich feststellen, dass es das nicht mehr gibt. Nur noch tränenreiche Märchenspiele. Ich wünsch mir einen rot glühenden Schürhaken und einen Polizisten, aus dem man Brennholz macht, und stattdessen bekomm ich Prinzessinnen, die im Mondschein moralisieren, Blaustrumpf sozusagen. Blaubart ist mehr nach meinem Geschmack, und den mag ich am liebsten, wenn er sich in einen Hanswurst verwandelt.«

»Ich bin sehr für die Verwandlung von Polizisten in Brennholz«, sagte John Crook. »Das ist eine weit bessere Definition von Sozialismus als die vorhin abgegebenen. Aber die Vorbereitungen wären viel zu aufwendig.«

»Nicht die Spur«, rief Blount, den es nun völlig hinriss. »Eine Hanswurstiade ist das Einfachste, was wir überhaupt tun können, und zwar aus zwei Gründen. Erstens kann man auf Teufel komm raus improvisieren; und zweitens sind alle nötigen Requisiten Haushaltsgegenstände – Tische und Handtuchhalter und Wäschekörbe und solches Zeugs.«

»Stimmt schon«, gab Crook zu und nickte eifrig und ging auf und ab. »Tut mir nur leid, dass ich keine Polizeiuniform auftreiben kann! Aber ich hab in der letzten Zeit keinen Polizisten umgebracht.«

Blount runzelte für eine Weile nachdenklich die Stirn, dann schlug er sich auf die Schenkel. »Können wir doch!«, rief er. »Ich habe hier Florians Adresse, und der kennt jeden Kostümverleih in London. Ich ruf ihn an, dass er 'ne Polizeiuniform mitbringt, wenn er kommt.« Und er eilte von dannen, dem Telefon zu.

»Ach, ist das herrlich, Onkel«, rief Ruby und tanzte beinahe los. »Ich bin Columbine und du wirst Hanswurst.«

Der Millionär hielt sich steif in einer fast heidnischen Würde. »Ich fürchte, meine Liebe«, sagte er, »du wirst jemand anderen zum Hanswurst machen müssen.«

»Wenn du willst, werde ich der Hanswurst sein«, sagte Oberst Adams, der die Zigarre aus dem Mund nahm und zum ersten und letzten Mal sprach.

»Man sollte Ihnen ein Denkmal setzen«, rief der Kanadier, als er strahlend vom Telefon zurückkam. »Damit haben wir alles zusammen. Mr Crook wird der Clown sein; er ist Journalist und kennt die ältesten Witze. Ich kann den Harlekin machen; der braucht nur lange Beine und herumzuspringen. Freund Florian hat gesagt, dass er 'ne Polizistenuniform mitbringt; er will sich unterwegs schon umziehen. Wir können hier in der

Halle spielen, das Publikum sitzt drüben auf den breiten Treppenstufen, eine Reihe über der anderen. Die Eingangstür ist der Hintergrund, entweder offen oder geschlossen. Geschlossen ist das ein englisches Interieur. Offen ein Garten im Mondschein. Geht alles wie durch Zauberei.« Und er holte ein zufälliges Stück Billardkreide aus der Hosentasche und zog mit ihm halbwegs zwischen Eingangstür und Treppenaufgang einen Strich, um die Reihe der Rampenlichter zu markieren.

Wie es gelang, auch nur ein solches Theater des Unfugs beizeiten in Szene zu setzen, bleibt ewig ein Rätsel. Aber sie machten sich mit jenem unbekümmerten Eifer ans Werk, der lebt, wenn Jugend im Haus ist; und Jugend war in jener Nacht in jenem Haus, auch wenn nicht alle die beiden Gesichter und Herzen erkannt haben mögen, aus denen sie flammte. Wie üblich gerieten die Einfälle gerade wegen der Zahmheit der bourgeoisen Konventionen, aus denen sie erschaffen werden mussten, immer toller und toller. Die Columbine sah in ihrem Reifrock bezaubernd aus, der sonderbar dem großen Lampenschirm aus dem Salon glich. Clown und Hanswurst machten sich weiß mit Mehl von der Köchin und rot mit Rouge von einem anderen dienstbaren Geist, der (wie alle wahren christlichen Wohltäter) namenlos blieb. Der Harlekin, bereits bekleidet mit Silberpapier aus Zigarrenkisten, wurde mit Mühe daran gehindert, den alten viktorianischen Kronleuchter zu zerschlagen, um sich mit funkelnden Kristallen zu bedecken. Er hätte das wohl tatsächlich getan, wenn Ruby nicht Theaterjuwelen ausgegraben hätte, die sie einst auf einem Kostümfest als Diamantenkönigin getragen hatte. Ihr Onkel, James

Blount, geriet tatsächlich in seiner Aufregung fast außer Rand und Band; er benahm sich wie ein Schuljunge. Er stülpte Father Brown plötzlich einen Eselskopf aus Papier über, welcher ihn geduldig trug und selbst einen geheimnisvollen Weg fand, mit den Ohren zu wackeln. Er versuchte sogar, den papierenen Eselsschwanz Sir Leopold Fischer an die Frackschöße zu heften. Das aber wurde stirnrunzelnd zurückgewiesen. »Onkel ist wirklich zu verrückt«, rief Ruby Crook zu, dem sie in tiefer Ernsthaftigkeit einen Kranz aus Würsten um die Schultern geschlungen hatte. »Warum ist er nur so wild?«

»Er ist der Harlekin zu Ihrer Columbine«, sagte Crook. »Und ich bin nur der Clown, der die alten Witze reißt.«

»Ich wollte, Sie wären der Harlekin«, sagte sie und ließ den Kranz aus Würsten schwingen.

Father Brown wanderte, obwohl er jedes Detail kannte, das hinter den Kulissen entstand, und selbst Beifall errungen hatte durch seine Umgestaltung eines Kissens in ein Pantomimenbaby, wieder nach vorne und setzte sich unter die Zuschauer mit all der feierlichen Erwartung eines Kindes vor seinem ersten Theaterbesuch. Der Zuschauer waren wenige, Verwandte, ein paar Freunde aus dem Ort und die Dienstboten; Sir Leopold saß vornan so, dass seine breite und immer noch pelzbekragte Gestalt den Blick des kleinen Klerikers hinter ihm weitgehend verdunkelte; doch hat kein Kunstausschuss je entschieden, ob dem Kleriker dadurch viel entging. Die Pantomime war äußerst chaotisch, doch keineswegs zu verachten; es durchströmte sie eine wilde Improvisationslust, die vor allem von Crook, dem Clown, ausging. Er war auch gewöhnlich ein gescheiter

Mann, doch an diesem Abend befeuerte ihn eine wilde Allwissenheit, eine Narrheit weiser als die Welt, wie sie einen jungen Mann überkommt, der für einen Augenblick einen bestimmten Ausdruck auf einem bestimmten Gesicht gesehen hat. Er sollte der Clown sein und war in Wirklichkeit fast alles andere auch, der Autor (soweit es da einen Autor gab), der Souffleur, der Bühnenbildner, der Kulissenschieber, vor allem aber auch das Orchester. Jäh wirbelte er sich von Zeit zu Zeit inmitten der zügellosen Vorstellung in vollem Kostüm ans Piano und hämmerte irgendeinen ebenso absurden wie passenden Gassenhauer herunter.

Der Höhepunkt davon, wie von allem Übrigen, war der Augenblick, in dem die beiden Flügel der Vordertür im Hintergrund der Bühne aufflogen und den lieblich vom Mond beschienenen Garten sichtbar machten, noch sichtbarer aber den berühmten professionellen Gast – den großen Florian, verkleidet als Polizisten. Der Clown am Klavier spielte den Chor der Schutzleute aus den *Pirates of Penzance*, doch ging der in betäubendem Applaus unter, denn jede Geste des großen Komikers war eine bewunderungswürdige, wenngleich zurückhaltende Darbietung des Auftretens und Benehmens eines wirklichen Polizisten. Der Harlekin sprang ihn an und hieb ihm über den Helm; der Pianist pianierte »Wo hast du denn den Hut gekauft?«; er sah sich um in wunderbar gespieltem Erstaunen, und dann hieb ihn der springende Harlekin erneut (während der Pianist ein paar Takte von »Und dann taten wir's noch mal« anspielte). Dann warf sich der Harlekin dem Polizisten direkt in die Arme und stürzte unter donnerndem Applaus auf ihn drauf. Und dann gab der fremde Schauspieler jene berühmte Darstellung des Toten Mannes, davon der Ruhm noch heute durch Putney wabert. Es schien fast unmöglich, dass ein lebender Mensch sich so schlaff machen könne.

Der athletische Harlekin schwang ihn herum wie einen Sack und schlingerte und schleuderte ihn wie eine Gymnastikkeule; ständig zu den tollsten und spaßigsten Tönen des Pianos. Als der Harlekin den komischen Konstabler schwer vom Boden stemmte, spielte der Clown »Reich mir die Hand, mein Leben«. Als er ihn sich über den Rücken zog »Mit dem Rucksack auf dem Ast«, und als der Harlekin schließlich den Polizisten mit einem höchst überzeugenden Dröhnen zu Boden donnern ließ, schlug der Verrückte am Klavier wirbelnde Akkorde zu Worten, von denen man immer noch glaubt, sie hätten geklungen wie »Ich schrieb der Liebsten einen Brief, und unterwegs ließ ich ihn fallen«.

Etwa an diesen äußersten Grenzen geistiger Anarchie wurde Father Browns Sicht völlig verdunkelt, denn der Magnat vor ihm erhob sich zu seiner vollen Höhe und grub mit beiden Händen wild in allen Taschen herum. Dann setzte er sich nervös wieder hin, immer noch kramend, und dann stand er wieder auf. Einen Augenblick lang sah es wirklich so aus, als ob er über die Rampenlampen hinwegsteigen wolle; dann warf er einen durchbohrenden Blick auf den klavierspielenden Clown; und dann stürzte er ohne ein Wort aus dem Raum.

Der Priester hatte nur einige Minuten länger dem absurden, aber nicht uneleganten Tanz des Amateurharlekins über seinem glänzend bewusstlosen Gegner zugesehen. Mit wirklicher, wenngleich primitiver Kunst tanzte der Harlekin langsam rückwärts durch die Tür in den Garten hinaus, der voller Mondlicht und Stille war. Das aus Silberpapier und Kleister zusammengestückte Kostüm, das im Schein der Lichter zu grell gewesen war, wurde umso zauberischer und silbriger, je weiter es unter dem schimmernden Mond davontanzte. Das Publikum rundete mit donnerndem Applaus ab, als Brown sich jählings am Arm berührt fühlte und ihn ein Flüstern aufforderte, ins Arbeitszimmer des Obersts zu kommen.

Er folgte seinem Rufer mit zunehmender Besorgnis, die auch nicht durch die feierliche Komik der Szene im Arbeitszimmer zerstreut wurde. Da saß Oberst Adams, immer noch unverändert als Hanswurst verkleidet, dem das knaufige Fischbein über die Stirn wippte, doch mit so armen alten traurigen Augen, dass sie ein Bacchanal hätten ernüchtern können. Sir Leopold Fischer lehnte am Kaminsims und keuchte vor lauter gewichtiger Panik.

»Das ist eine sehr peinliche Angelegenheit, Father Brown«, sagte Adams. »Es scheint so zu sein, dass die Diamanten, die wir alle heute Nachmittag sahen, aus dem Rockschoß meines Freundes verschwunden sind. Und da Sie …«

»Da ich«, ergänzte Father Brown mit einem breiten Grinsen, »unmittelbar hinter ihm saß …«

»Nichts dergleichen soll angedeutet werden«, sagte Oberst Adams mit einem festen Blick zu Fischer hin, der erkennen ließ, dass tatsächlich etwas dergleichen angedeutet worden war. »Ich wollte Sie nur um den Beistand bitten, den mir jeder Ehrenmann gewähren würde.«

»Das ist, seine Taschen leeren«, sagte Father Brown und fing sofort damit an, wobei einige Münzen, eine

Rückfahrkarte, ein kleines Silberkruzifix, ein kleines Brevier und ein Stück Schokolade zum Vorschein kamen.

Der Oberst sah ihn lange an und sagte dann: »Wissen Sie, ich möchte viel lieber in das Innere Ihres Kopfes als in das Innere Ihrer Taschen blicken. Meine Tochter gehört ja zu Ihren Leuten; nun hat sie vor Kurzem …«, und er hielt inne.

»Sie hat vor Kurzem«, rief der alte Fischer, »das Haus ihres Vaters einem Halsabschneider von Sozialisten geöffnet, der öffentlich erklärt, er würde von einem Reicheren alles stehlen. Das ist die ganze Geschichte. Hier haben wir den Reicheren – und doch nicht reicheren.«

»Wenn Sie das Innere meines Kopfes haben wollen, können Sie es haben«, sagte Father Brown etwas erschöpft. »Was es wert ist, können Sie dann hinterher sagen. Was ich aber als Erstes in dieser ausgedienten Tasche finde, ist, dass Männer, die Diamanten stehlen wollen, nicht für den Sozialismus eintreten. Sie neigen eher dazu«, fügte er ernst bei, »ihn anzuklagen.«

Die beiden anderen bewegten sich jäh, und der Priester fuhr fort:

»Wissen Sie, wir kennen solche Leute ja mehr oder weniger. Der Sozialist da würde einen Diamanten ebenso wenig stehlen wie eine Pyramide. Wir müssen uns vielmehr sofort nach dem Mann umsehen, den wir nicht kennen. Dem Burschen, der den Polizisten spielte – Florian. Ich möchte wohl wissen, wo er sich, in diesem Augenblick genau, befindet?«

Der Hanswurst sprang auf und strebte langen Schrittes aus dem Zimmer. Ein Zwischenspiel fand statt, während dem der Millionär den Priester anstarrte und der Priester sein Brevier; dann kam der Hanswurst zurück und sagte in feierlichem Stakkato: »Der Polizist liegt immer noch auf der Bühne. Der Vorhang ist sechsmal auf- und zugegangen; und er liegt immer noch da.«

Father Brown ließ sein Buch fallen und stand und starrte mit dem Ausdruck der vollständigen geistigen Niederlage. Dann kroch ganz langsam Licht zurück in seine grauen Augen, und er gab eine kaum vorhersehbare Antwort:

»Um Vergebung, Oberst, aber wann ist Ihre Frau gestorben?«

»Meine Frau!«, erwiderte der Oberst verblüfft, »sie starb dieses Jahr, vor zwei Monaten. Ihr Bruder James kam genau eine Woche zu spät, um sie noch zu sehen.«

Der kleine Priester sprang auf wie ein angeschossenes Kaninchen. »Vorwärts!«, rief er in höchst ungewöhnlicher Erregung. »Vorwärts! Wir müssen uns diesen Polizisten ansehen!«

Sie stürmten durch den Vorhang auf die Bühne, drängten sich grob zwischen Columbine und Clown hindurch (die sehr zufrieden miteinander zu flüstern schienen), und Father Brown beugte sich über den hingestreckten komischen Polizisten.

»Chloroform«, sagte er, als er sich wieder aufrichtete; »das fiel mir gerade eben erst ein.«

Da war ein erschrecktes Schweigen, und dann sagte der Oberst langsam: »Bitte sagen Sie uns im Ernst, was das alles bedeuten soll.«

Father Brown brüllte plötzlich vor Lachen, hielt dann inne und hatte während des Restes seiner Ansprache nur noch ab und an mit seiner Heiterkeit zu kämpfen: »Ihr

Herren«, keuchte er, »wir haben nicht viel Zeit zum Reden. Ich muss dem Verbrecher nach. Aber dieser große Schauspieler, der den Polizisten spielte – dieser schlaue Körper, mit dem der Harlekin herumtanzte und herumspielte und herumwarf – er war …« Und wieder versagte ihm die Stimme, und er wandte sich ab, um loszulaufen.

»Er war?«, rief Fischer fragend.

»Ein wirklicher Polizist«, sagte Father Brown und rannte davon, hinein ins Dunkel.

Am äußersten Rand des blätterreichen Gartens gab es Nischen und Lauben, an denen Lorbeer und andere immergrüne Büsche selbst jetzt im tiefsten Winter vor dem saphirenen Himmel und dem silbernen Mond die warmen Farben des Südens zeigten. Die grüne Fröhlichkeit des sich wiegenden Lorbeers, das satte purpurne Indigo der Nacht, der Mond wie ein riesiger Kristall schufen ein fast unverantwortlich romantisches Bild; und zwischen den obersten Zweigen der Gartenbäume kletterte eine fremdartige Gestalt, die nicht so sehr romantisch als vielmehr unmöglich aussah. Sie funkelte von Kopf bis Fuß, als wäre sie in zehn Millionen Monde gekleidet; der wirkliche Mond erfasste sie bei jeder Bewegung und ließ ein neues Stück von ihr aufflammen. Aber sie schwang sich funkelnd und erfolgreich vom niedrigen Baum in diesem Garten in den hohen, üppig rankenden Baum im anderen und hielt dort nur deshalb inne, weil ein Schatten unter den niedrigeren Baum geglitten war und sie unmissverständlich angerufen hatte.

»Ja, Flambeau«, sagte die Stimme, »Sie sehen wirklich wie ein fliegender Stern aus; aber das bedeutet letzten Endes immer einen fallenden Stern.«

Die silbern funkelnde Gestalt da oben schien sich vorwärts in den Lorbeer zu lehnen und lauschte, des Fluchtwegs sicher, der kleinen Gestalt da unten.

»Sie haben niemals Besseres geleistet, Flambeau. Es war eine schlaue Idee, aus Kanada (vermutlich mit einer Pariser Fahrkarte) genau eine Woche nach dem Tod von Frau Adams anzukommen, als niemand in der Stimmung war, Fragen zu fragen. Es war schlauer, die flüchtigen Sterne und den genauen Tag von Fischers Ankunft herauszufinden. Aber was dem folgte, war nicht mehr Schlauheit, sondern das reine Genie. Die Steine zu stehlen war für Sie, nehme ich an, kein Problem. Sie hätten das mit einer Handbewegung auf hundert andere Weisen tun können als unter dem Vorwand, einen Eselsschwanz aus Papier an Fischers Frack zu heften. Aber was das Übrige angeht, da haben Sie sich selbst übertroffen.«

Die silberne Gestalt zwischen den grünen Zweigen schien wie gebannt zu verweilen, obwohl sie mühelos nach hinten hätte flüchten können; sie starrte den Mann unten an.

»O ja«, sagte der Mann unten, »ich kenne die ganze Geschichte. Ich weiß, dass Sie nicht nur die Pantomime in Gang gesetzt haben, sondern sie außerdem zu einem doppelten Zweck benutzten. Eigentlich wollten Sie die Steine still stehlen; da erreichte Sie eine Nachricht von einem Komplizen, dass Sie bereits unter Verdacht stünden und dass ein fähiger Polizeibeamter unterwegs sei, um Sie an diesem Abend hoppzunehmen. Ein gewöhnlicher Dieb wäre für die Warnung dankbar gewesen und geflohen; aber Sie sind ein Dichter. Sie waren bereits auf den schlauen Einfall gekommen, die Juwelen im

Gefunkel falscher Theaterjuwelen zu verstecken. Jetzt erkannten Sie, dass zum Kostüm des Harlekins das Erscheinen des Polizisten vorzüglich passte. Der würdige Beamte machte sich von der Polizeistation in Putney aus auf den Weg, um Sie aufzustöbern, und geriet in die verrückteste Falle, die je auf Erden gestellt wurde. Als sich die Vordertür öffnete, marschierte er prompt auf die Bühne einer Weihnachtspantomime, wo er unter brausendem Gelächter der ehrenwertesten Menschen aus Putney vom tanzenden Harlekin getreten, geschlagen, niedergeschmettert und betäubt werden konnte. O nein, nie werden Sie etwas Besseres leisten können. Und jetzt könnten Sie mir übrigens die Diamanten zurückgeben.«

Der grüne Ast, auf dem die glitzernde Gestalt schaukelte, raschelte wie vor Erstaunen; aber die Stimme fuhr fort:

»Ich möchte, dass Sie sie zurückgeben, Flambeau, und ich möchte, dass Sie dieses Leben aufgeben. Noch haben Sie Jugend und Ehrgefühl und Witz; aber bilden Sie sich nicht ein, dass die in diesem Gewerbe andauern. Männer mögen sich auf einer gewissen Ebene des Guten halten können, aber kein Mann war je imstande, sich auf einer Ebene des Bösen zu halten. Der Weg führt tiefer und tiefer hinab. Ein freundlicher Mann trinkt und wird grausam; ein aufrichtiger Mann tötet und leugnet es ab. Mancher Mann, den ich kannte, begann wie Sie als ehrbarer Gesetzloser, der fröhlich die Reichen beraubte, und endete im tiefsten Sumpf. Maurice Blum begann als Anarchist aus Überzeugung, ein Vater der Armen; er endete als schmieriger Spion und Zwischenträger, den beide

Seiten ausnutzten und verachteten. Harry Burke begann seine Bewegung des Freien Geldes ehrlich genug; jetzt schmarotzt er bei einer halb verhungerten Schwester um endlose Schnäpse. Lord Amber begab sich aus einer Art von Ritterlichkeit in die übelste Gesellschaft; jetzt wird er von den miesesten Geiern Londons erpresst. Hauptmann Barillon war vor Ihrer Zeit der große Gentleman-Verbrecher; er starb in einem Irrenhaus, schreiend aus Angst vor den Spitzeln und Hehlern, die ihn betrogen und zu Tode gehetzt haben. Ich weiß, dass die Wälder hinter Ihnen grenzenlos aussehen, Flambeau; ich weiß, dass Sie in ihnen blitzschnell wie ein Affe verschwinden können. Aber eines Tages werden Sie ein alter grauer Affe sein, Flambeau. Sie werden in Ihrem grenzenlosen Wald sitzen mit kaltem Herzen und dem Tode nahe, und die Baumwipfel werden sehr kahl sein.«

Alles blieb still, als ob der kleine Mann da unten den anderen im Baume an einer langen, unsichtbaren Leine hielte; und er fuhr fort:

»Ihr Niedergang hat schon begonnen. Sie haben sich immer gebrüstet, dass Sie nichts Gemeines täten, aber heute Abend tun Sie etwas Gemeines. Sie lassen einen ehrenhaften Jungen im Verdacht, gegen den bereits eine ganze Menge anderer Dinge vorgebracht werden; Sie trennen ihn von der Frau, die er liebt und die ihn liebt. Aber bevor Sie sterben, werden Sie noch gemeinere Dinge tun.«

Drei funkelnde Diamanten fielen aus dem Baum auf den Rasen. Der kleine Mann bückte sich, um sie aufzuheben, und als er wieder aufblickte, war der silberne Vogel aus dem grünen Käfig des Baumes verschwunden.

Die Rückgabe der Juwelen (die von allen ausgerechnet Father Brown zufällig gefunden hatte) beschloss den Abend ungeheuer triumphal; und Sir Leopold ging in strahlendster Laune sogar so weit, dem Priester zu sagen, dass er, obwohl selbst von sehr viel weiterem Blick, durchaus jene respektieren könne, deren Glaube von ihnen verlange, abgeschlossen und ohne Kenntnis von dieser Welt zu leben.

Aus dem Englischen
von Hanswilhelm Haefs und Julian Haefs

Agatha Christie

Eine Weihnachtstragödie

Ein Fall für Miss Marple

Ich möchte eine Beschwerde vorbringen«, verkündete Sir Henry Clithering und blickte augenzwinkernd in die Runde. Colonel Bantry hatte die Beine ausgestreckt und fixierte den Kaminsims mit so strengem Blick, als wäre der ein Soldat, der bei der Parade aus der Reihe getanzt war. Seine Frau warf verstohlene Blicke in einen Frühlingszwiebelkatalog, der mit der letzten Post gekommen war. Dr Lloyds Augen waren mit unverhohlener Bewunderung auf Jane Helier gerichtet, und die schöne junge Schauspielerin selbst musterte gedankenverloren ihre rosa polierten Nägel. Nur die gute alte Miss Marple saß kerzengerade da und antwortete mit ihren blassblauen Augen auf Sir Henrys Zwinkern.

»Eine Beschwerde?«

»Eine sehr nachdrückliche Beschwerde. Wir sitzen hier zu sechst zusammen, drei Herren und drei Damen, und ich protestiere im Namen der geknechteten Männerwelt. Heute Abend haben wir drei Geschichten gehört – und zwar von drei Herren. Ich behaupte, dass die Damen sich nicht angemessen beteiligt haben.«

»Na hören Sie mal!«, widersprach Mrs Bantry empört. »Wir haben mit der größten Aufmerksamkeit zugehört und ansonsten den typisch weiblichen Grundsatz befolgt, uns nicht ins Rampenlicht zu drängen.«

»Eine vortreffliche Ausrede, die aber hier nicht verfängt«, sagte Sir Henry. »Und es gibt da einen vorzüglichen Präzedenzfall in den Märchen aus Tausendundeiner Nacht. Nur Mut, Scheherazade.«

»Meinen Sie mich?«, fragte Mrs Bantry. »Aber ich habe nichts zu erzählen, mit blutigen Geheimnissen hatte ich noch nie etwas zu tun.«

»Ich bestehe nicht unbedingt auf Blut«, sagte Sir Henry, »aber bestimmt hat eine unserer drei Damen ein Lieblingsgeheimnis. Das fällt doch in Ihr Fach, Miss Marple: ›Die seltsamen Zufälligkeiten im Leben der Zugehfrau‹ oder ›Das Nähkränzchenmysterium‹. St. Mary Mead wird mich doch nicht enttäuschen?«

Miss Marple schüttelte den Kopf.

»Das wäre nichts für Sie, Sir Henry. Natürlich haben wir unsere kleinen Geheimnisse – da war die Sache mit dem halben Pfund gepulter Krabben, das auf so unerklärliche Weise verschwand, aber die würde Sie nicht interessieren, weil sie letztlich völlig belanglos war, auch wenn sie ein bezeichnendes Licht auf die menschliche Natur warf.«

»Durch Sie habe ich gelernt, die menschliche Natur wertzuschätzen«, erklärte Sir Henry feierlich.

»Wie steht es mit Ihnen, Miss Helier?«, fragte Colonel Bantry. »Sie hatten doch bestimmt das eine oder andere interessante Erlebnis.«

»Das denke ich auch«, bestätigte Dr Lloyd.

»Ich? Meinen Sie, dass ich Ihnen etwas erzählen soll, was ich erlebt habe?«

»Oder eine Bekannte«, ergänzte Sir Henry.

»Ich habe eigentlich noch nie was erlebt, jedenfalls nicht so etwas«, meinte Jane unbestimmt. »Blumen habe ich natürlich bekommen und wunderliche Briefe – aber das ist eben Männerart. Ich glaube nicht ...« Sie hielt inne und schien intensiv nachzudenken.

»Dann müssen wir uns eben mit der Krabbensaga begnügen«, sagte Sir Henry. »Auf geht's, Miss Marple.«

»Immer zu Scherzen aufgelegt, Sir Henry! Die Sache mit den Krabben ist natürlich Unsinn, aber jetzt erinnere ich mich doch an etwas – eine Tragödie, an der ich in gewisser Weise beteiligt war. Ich habe meine Handlungsweise nie bereut – aber die Sache hat sich nicht in St. Mary Mead zugetragen.«

»Wie enttäuschend«, bemerkte Sir Henry. »Aber ich werde es überleben. Ich wusste, dass wir nicht vergeblich auf Sie gesetzt haben.«

Er nahm eine überzeugende Zuhörerpose ein. Miss Marple errötete ein wenig.

»Hoffentlich erzähle ich es ordentlich«, sagte sie besorgt. »Leider neige ich zu Abschweifungen. Man gerät auf Nebengleise, ohne es zu merken. Und es ist so schwer, sich zu erinnern, wann genau was passierte. Sie müssen es mir nachsehen, wenn ich meine Geschichte schlecht erzähle. Sie liegt so lange zurück.

Sie spielte wie gesagt nicht in St. Mary Mead, sondern in einem Ort für Hydrotherapie.«

»Hydro...?« Jane machte große Augen.

»Sie kennen so was nicht mehr, liebes Kind.«

Mrs Bantry erklärte es ihr, und ihr Mann ergänzte:

»Grässliche Orte, absolut grässlich. Sie zwingen dich,

in aller Frühe aufzustehen und schaurig schmeckendes Wasser zu trinken. Der ganze Ort ist voll von alten Weibern und bösartigem Klatsch. Herrgott, wenn ich daran denke …«

»Aber es hat dir sehr gutgetan, und das weißt du ganz genau«, sagte Mrs Bantry besänftigend.

»Ein Haufen alter Weiber, die nur herumsitzen und sich die Mäuler zerreißen«, knurrte Colonel Bantry.

»Das stimmt leider«, bestätigte Miss Marple. »Ich selbst …«

»Meine liebe Miss Marple«, unterbrach der Colonel sie erschrocken. »Es liegt mir natürlich fern …«

Miss Marple winkte verlegen ab.

»Aber Sie haben völlig recht, Colonel Bantry. Nur möchte ich dazu gern anmerken … Wie sage ich's nur … ja … Geklatscht und getratscht wird dort natürlich sehr viel, und viele – besonders junge Leute – verurteilen das scharf. Mein Neffe, der Bücher schreibt – sehr gescheite, glaube ich –, hat sich mehrfach darüber geäußert, wie niederträchtig es ist, den Ruf eines anderen Menschen in Grund und Boden zu reden, wenn man keinerlei Beweise hat und so weiter. Ich aber sage, dass diese jungen Menschen einfach nicht nachdenken, dass sie sich nicht die Mühe machen, die Faktenlage zu prüfen. Der springende Punkt ist doch der: Wie oft beruhen Klatsch und Tratsch, wie Sie es nennen, auf der Wahrheit! Nämlich – wenn man sich die Mühe machen würde, ehrlich die Faktenlage zu prüfen – in neun von zehn Fällen.«

»Bei denen es sich dann wohl um besonders geniale Mutmaßungen handelt«, sagte Sir Henry.

»Durchaus nicht! Es ist einfach eine Frage von Übung

und Erfahrung. Von einem Ägyptologen erzählt man sich, dass er, wenn man ihm einen dieser merkwürdigen kleinen Käfer in die Hand gibt, nach dem Äußeren des Stücks sagen kann, aus welchem Jahrhundert vor Christus es stammt oder ob es eine Imitation aus Birmingham ist. Und er kann diese Einschätzung nicht immer begründen, er weiß es einfach. Er hat sich zeitlebens mit diesen Dingen beschäftigt.

Und eben das versuche ich – wenn auch wohl leider sehr unzulänglich – zum Ausdruck zu bringen. ›Müßige Frauen‹, wie mein Neffe sie nennt, haben viel Zeit und interessieren sich hauptsächlich für Menschen. Im Lauf der Zeit werden sie auf diesem Gebiet gewissermaßen zu Experten. Junge Leute sprechen heutzutage sehr freizügig über Dinge, die zu meiner Zeit verschwiegen wurden, sind aber andererseits erstaunlich naiv. Sie glauben alles und jedem. Und wenn man versucht, sie zu warnen, und sei es noch so behutsam, bekommt man zu hören, dass man eine viktorianische Denkweise habe, und die, sagen sie, ist wie eine Sickergrube.«

»Dabei lässt sich gegen eine Sickergrube doch eigentlich nichts einwenden«, meinte Sir Henry.

»Eben«, bestätigte Miss Marple eifrig. »Sie ist die wichtigste Einrichtung im ganzen Haus, allerdings natürlich nicht sehr romantisch. Auch ich habe Gefühle, und so manche unbedachte Äußerung hat mich tief verletzt. Ich weiß, dass die Herren sich nicht für Geschichten aus dem Haushalt interessieren, aber ich will hier doch mal mein Dienstmädchen Ethel erwähnen, ein sehr gut aussehendes junges Ding und äußerst pflichtbewusst. Ich hatte auf den ersten Blick erkannt, dass sie in dieselbe Kategorie gehörte wie Annie Webb und das arme Mädchen von Mrs Bruitt und dass sie, wenn sich die Gelegenheit ergäbe, keinen Unterschied zwischen *mein* und *dein* machen würde. Also kündigte ich ihr Ende des Monats und schrieb ihr ein Zeugnis, in dem stand, dass sie ehrlich und bescheiden sei, warnte aber unter der Hand die alte Mrs Edwards davor, sie einzustellen, und mein Neffe Raymond regte sich schrecklich auf und fragte, wie ich nur so gemein sein könne. Sie ging dann zu Lady Ashton, die zu warnen ich keine Veranlassung sah – und was geschah? Von der Unterwäsche der Lady war überall die Spitze abgeschnitten, zwei Brillantbroschen waren weg, und diese Person verschwand mitten in der Nacht und ward nie mehr gesehen.«

Miss Marple holte tief Luft.

»Sie werden sagen, dass das mit dem Fall im Wasserkurort Keston nichts zu tun hatte, aber es ist die Erklärung dafür, warum für mich, sobald ich die Sanders zusammen gesehen hatte, kein Zweifel daran bestand, dass er die Absicht hatte, sie zu beseitigen.«

»Wie bitte?« Sir Henry lehnte sich mit einem Ruck vor.

Miss Marple sah ihn seelenruhig an.

»Für mich stand das, wie gesagt, felsenfest. Mr Sanders war ein großer, rotgesichtiger Mann, gut aussehend, sehr jovial in seiner Art und überall beliebt. Und niemand hätte liebreizender mit seiner Frau umgehen können als er. Aber ich wusste Bescheid – er wollte sie um die Ecke bringen.«

»Meine liebe Miss Marple …«

»Ja, ich weiß, so würde mein Neffe Raymond West auch argumentieren – dass ich nicht die Spur eines Beweises hatte. Aber ich erinnere mich an Walter Hones, den Wirt vom Green Man. Als er eines Nachts mit seiner Frau nach Hause ging, fiel sie in den Fluss – und er kassierte das Geld von der Versicherung. Und noch ein paar Personen habe ich im Sinn, die bis heute ungeschoren davongekommen sind – darunter ein Mann aus unseren Kreisen. Er reiste mit seiner Frau im Sommer zu einem Kletterurlaub in die Schweiz. Ich riet ihr ab mitzugehen. Die Ärmste war mir nicht mal böse, was ja leicht der Fall hätte sein können, sie lachte nur. Sie fand es lustig, dass eine alte Schraube wie ich solche Dinge über ihren Harry verbreitete. Ja, und dann kam es zu einem Unfall, und Harry hat inzwischen eine neue Frau. Aber was hätte ich machen sollen? Ich wusste Bescheid, aber ich hatte keine Beweise.«

»Sie meinen doch nicht im Ernst, Miss Marple …«, setzte Mrs Bantry an.

»Diese Fälle sind sehr verbreitet, meine Liebe, wirklich sehr verbreitet. Und die Herren der Schöpfung geraten wegen ihrer größeren Körperkräfte besonders leicht in Versuchung. Zumal, wenn sie es so einrichten können, dass es wie ein Unfall aussieht. Bei den Sanders wusste ich wie gesagt sofort Bescheid. Es passierte in der Straßenbahn. Unten war alles voll besetzt, und wir mussten aufs Oberdeck. Als wir drei aufstanden, um auszusteigen, verlor Mr Sanders das Gleichgewicht und fiel gegen seine Frau, sodass sie kopfüber die Treppe hinunterstürzte. Zum Glück war der Schaffner ein sehr kräftiger junger Mann und fing sie auf.«

»Aber das muss doch ein Unfall gewesen sein.«

»Natürlich war es ein Unfall, nichts hätte eindeutiger wie ein Unfall aussehen können. Aber Mr Sanders war in der Handelsmarine gewesen, das hatte er mir selbst erzählt, und ein Mann, der sich in einem abscheulich schwankenden Schiff auf den Beinen halten kann, kommt nicht auf dem Oberdeck einer Straßenbahn ins Straucheln, wenn eine alte Frau wie ich das Gleichgewicht behält. Erzählen Sie mir nichts!«

»Jedenfalls dürfen wir Sie wohl so verstehen, dass Sie in diesem Augenblick Bescheid wussten«, sagte Sir Henry.

Die alte Dame nickte.

»Ich war mir meiner Sache sicher, und ein weiterer Vorfall beim Überqueren der Straße bestärkte mich noch. Ich frage Sie, was hätte ich tun sollen, Sir Henry? Da war eine nette, zufriedene kleine Ehefrau, die man in Kürze ermorden würde ...«

»Ich bin fassungslos, Verehrteste.«

»Ja, weil Sie wie die meisten Menschen heutzutage den Tatsachen nicht ins Auge sehen wollen. Sie glauben lieber, dass es so etwas nicht geben kann. Aber es war so, und ich wusste es, doch mir waren die Hände gebunden. Zur Polizei konnte ich nicht gehen, und die junge Frau zu warnen war zwecklos, sie vergötterte diesen Mann. So beschränkte ich mich darauf, so viel wie möglich über die beiden herauszufinden. Beim Handarbeiten am Kamin erfährt man so manches. Mrs Sanders, Gladys hieß sie, plauderte nur allzu gern. Sie waren noch nicht sehr lange verheiratet. Ihr Mann hatte eine Erbschaft zu erwarten, aber zurzeit waren sie sehr knapp bei Kasse, sie lebten praktisch nur von dem kleinen Einkommen der Frau – eine sattsam bekannte Geschichte. Sie klagte darüber, dass sie nicht an ihr Kapital herankomme – da hatte offenbar jemand eine vernünftige Verfügung getroffen.

Aber vererben durfte sie das Geld, so viel hatte ich herausgefunden, und sie und ihr Mann hatten unmittelbar nach der Trauung ein Testament aufgesetzt, in dem sie sich gegenseitig zu Erben erklärt hatten. Rührend, nicht wahr? Sobald Jacks geschäftliche Angelegenheiten geregelt sind ... Diesen Spruch hörte ich tagein, tagaus. Inzwischen schlugen sie sich mehr schlecht als recht durch, bewohnten ein Zimmer ganz oben im Dienstbotentrakt, wo es sich für den Fall eines Brandes besonders gefährlich lebt, allerdings gab es eine Feuerleiter direkt vor ihrem Fenster. Ich fragte besorgt nach einem Balkon. Bedenklich, so ein Balkon. Ein Stoß und ... na, Sie wissen schon.

Ich nahm ihr das Versprechen ab, nicht auf den Balkon zu gehen, ich hätte einen bösen Traum gehabt. Das machte ihr Eindruck, man kann manchmal mit Aberglauben viel erreichen. Sie war blond und blässlich, mit einem dicken, unordentlichen Nackenknoten. Sehr gutgläubig. Sie erzählte das, was ich gesagt hatte, ihrem Mann, und ich merkte, wie er mich ein- oder zweimal argwöhnisch musterte. Von Gutgläubigkeit konnte bei ihm keine Rede sein, und er wusste noch, dass ich in der bewussten Straßenbahn gewesen war.

Ich machte mir große Sorgen, weil ich keine Möglichkeit sah, seine Pläne zu durchkreuzen. Dass in der Kurklinik etwas passierte, konnte ich verhindern, indem ich meinen Verdacht ihm gegenüber andeutete, aber dann würde er sein Vorhaben nur aufschieben. Deshalb kam ich zu einem kühnen Entschluss: Ich würde ihm eine Falle stellen. Wenn ich es so einrichten könnte, dass er einen Anschlag auf ihr Leben zu einem Zeitpunkt meiner Wahl riskierte, wäre er entlarvt, und sie würde der Wahrheit ins Auge sehen müssen, auch wenn der Schock für sie noch so groß wäre.«

»Mir verschlägt es den Atem«, sagte Dr Lloyd. »Und wie sah Ihr Plan aus?«

»Ich hätte mir schon etwas einfallen lassen«, sagte Miss Marple. »Aber der Mann war mir über. Er ahnte, dass ich ihn verdächtigte, und schlug zu, ehe ich meiner Sache sicher sein konnte. Dass ich bei einem Unfall argwöhnisch werden würde, wusste er, deshalb entschied er sich für Mord.«

Die Anwesenden schnappten nach Luft. Miss Marple nickte grimmig.

»Tut mir leid, dass ich Sie damit so unvermittelt überfalle. Sie werden mich besser verstehen, wenn ich Ihnen den Ablauf der Ereignisse geschildert habe. Der Fall erfüllt mich noch immer mit großer Bitterkeit, und ich meine noch immer, ich hätte die Tragödie irgendwie verhindern müssen. Aber die Vorsehung hatte offenbar andere Pläne. Ich jedenfalls habe getan, was ich konnte.

Es lag eine unheimliche Stimmung in der Luft. Uns alle bedrückte das Gefühl eines kommenden Unglücks. Mit George, dem Hotelportier, fing es an. Er war seit Jahren im Haus und kannte jeden. Bronchitis und Lungenentzündung – am vierten Tag war er tot. Sehr, sehr traurig. Ein schwerer Schlag für alle. Und noch dazu vier Tage vor Weihnachten. Dann bekam eins der Zimmermädchen, ein nettes Kind, eine Blutvergiftung am Finger und starb innerhalb von vierundzwanzig Stunden.

Ich saß mit Miss Trollope und der alten Mrs Carpenter im Salon. Mrs Carpenter war geradezu morbide, sie genoss die Situation.

›Das ist noch nicht das Ende, verlasst euch drauf. Wie heißt es doch so treffend? Ein Unglück kommt selten allein. Für mich hat sich das immer wieder bestätigt. Es wird noch einen Tod geben, das steht für mich fest, und wir werden nicht lange auf ihn warten müssen. Ja, ja, ein Unglück kommt selten allein.‹

Bei diesen Worten, zu denen sie nickte und die Stricknadeln klappern ließ, blickte ich zufällig auf und sah Mr Sanders in der Tür stehen. In diesem Moment glaubte er sich unbeobachtet, und ich sah ganz deutlich den Ausdruck auf seinem Gesicht. Bis an mein Lebensende werde ich glauben, dass es dieses makabre Gerede der Carpenter war, das ihn auf die Idee gebracht hat. Ich merkte, wie es in seinem Kopf arbeitete.

Mit seinem gewohnten leutseligen Lächeln kam er näher.

›Kann ich den Damen vielleicht den einen oder anderen Weihnachtseinkauf abnehmen?‹, fragte er. ›Ich will noch in die Stadt.‹

Er blieb ein, zwei Minuten lachend und plaudernd bei uns stehen, dann ging er. Ich war wie gesagt in großer Sorge und fragte sofort:

›Weiß jemand, wo Mrs Sanders ist?‹

Sie sei bei Bekannten, den Mortimers, zum Bridge, sagte Miss Trollope, und das beruhigte mich für den Augenblick. Aber ich machte mir immer noch Sorgen und wusste nicht, was ich tun sollte. Eine halbe Stunde später ging ich nach oben. Auf der Treppe begegnete ich Dr Coles, der auf dem Weg nach unten war, und da ich ihn ohnehin wegen meines Rheumas konsultieren wollte, nahm ich ihn mit in mein Zimmer. Dabei berichtete er mir, streng vertraulich, wie er betonte, von dem Tod der armen Mary. Der Hoteldirektor wolle nicht, dass es allgemein bekannt wurde, sagte er, ich solle es also bitte für mich behalten. Natürlich sagte ich ihm nicht, dass wir in der vergangenen Stunde, seit die Ärmste gestorben war, von nichts anderem geredet hatten. Derlei spricht sich immer sofort herum, und ein Mann mit seiner Erfahrung müsste das eigentlich wissen, aber Dr Coles war ein naiver, argloser Mensch, der das glaubte, was er glauben wollte, und ebendas machte mir eine Minute später Angst. Im Gehen sagte er nämlich, dass Sanders ihn gebeten habe, sich mal seine Frau anzusehen, sie habe in letzter Zeit gekränkelt – Verdauungsstörungen und so weiter.

Noch am selben Nachmittag hatte Gladys Sanders zu mir gesagt, sie sei froh und dankbar, dass sie eine so gute Verdauung hätte.

Damit vervielfachten sich meine Befürchtungen. Sanders bereitete etwas vor – aber was? Dr Coles ging, ehe ich mich entschließen konnte, etwas zu sagen – aber was hätte ich auch sagen können? Als ich mein Zimmer verließ, kam Sanders vom Dachgeschoss her die Treppe herunter. Er trug seinen Mantel und fragte mich noch einmal, ob er etwas in der Stadt für mich erledigen könne. Es kostete mich große Mühe, ihm höflich zu antworten. Ich ging geradewegs in den Salon und bestellte Tee. Es war – das weiß ich noch – kurz vor halb sechs.

Es ist mir sehr wichtig, ganz genau zu schildern, was dann geschah. Um Viertel vor sieben war ich noch im Salon, als Mr Sanders hereinkam. Er hatte zwei Herren mitgebracht, und alle drei schienen leicht angeheitert. Mr Sanders ließ seine Freunde stehen und trat zu mir und Miss Trollope. Er bat um unseren Rat wegen eines Weihnachtsgeschenks für seine Frau. Es war eine Abendtasche.

›Denn sehen Sie, meine Damen, ich bin schließlich nur ein schlichter Seebär und verstehe nichts von diesen Dingen. Ich habe mir drei zur Ansicht schicken lassen und brauche ein fachmännisches Urteil.‹

Natürlich sagten wir bereitwillig unsere Hilfe zu, und er fragte, ob es uns etwas ausmachen würde, mit nach oben zu kommen, da er damit rechnen müsse, dass seine Frau gerade dann hereinkäme, wenn er die Taschen nach unten brächte. Also gingen wir mit. Was dann geschah, werde ich nie vergessen, ich spüre heute noch ein Kribbeln im kleinen Finger.

Mr Sanders öffnete die Schlafzimmertür und machte Licht. Ich weiß nicht, wer von uns es zuerst sah …

Mrs Sanders lag auf dem Fußboden, mit dem Gesicht nach unten – tot.

Ich war als Erste bei ihr, kniete mich hin, nahm ihre Hand und fühlte den Puls, aber der Arm war kalt und steif. Neben ihr lag ein mit Sand gefüllter Strumpf – die Waffe, mit der man sie niedergeschlagen hatte. Miss Trollope, das dumme Geschöpf, stand stöhnend und jammernd an der Tür und hielt sich den Kopf. Sanders schrie: ›Meine Frau, meine Frau!‹, und stürzte auf sie zu. Ich hinderte ihn daran, sie anzufassen. Ich war nämlich überzeugt davon, dass er es getan hatte, und dachte mir, dass er womöglich etwas wegnehmen oder verstecken wollte.

›Niemand darf etwas berühren‹, sagte ich. ›Reißen Sie sich zusammen, Mr Sanders. Sie, Miss Trollope, gehen bitte nach unten und holen den Direktor.‹

Ich blieb vor der Toten knien, denn ich wollte Sanders nicht mit ihr allein lassen. Allerdings muss ich zugeben, dass der Mann, wenn er eine Komödie spielte, ein genialer Schauspieler war. Er wirkte benommen und verwirrt und zu Tode erschrocken.

Wenig später war der Direktor bei uns. Er sah sich kurz im Zimmer um, dann schickte er uns alle hinaus, schloss die Tür ab und nahm den Schlüssel an sich. Danach ging er ans Telefon, um die Polizei zu rufen. Es dauerte nach unserem Gefühl eine halbe Ewigkeit, bis sie eintraf. Wir erfuhren später, dass die Leitung gestört war. Der Direktor musste einen Boten zur Polizeistation schicken, und die Klinik liegt außerhalb, am Rande des Moors. Mrs Carpenter ging uns allen schwer auf die Nerven. Sie freute sich unbändig, dass ihr Spruch *Ein Unglück kommt selten allein* sich so schnell bewahrheitet hatte. Sanders lief, wie man mir sagte, im Park herum, rang die Hände und wirkte überzeugend leidgeprüft.

Dann endlich war die Polizei da. Die Beamten gingen mit dem Direktor und Mr Sanders nach oben. Später baten sie mich hinauf. Der Inspector saß an einem Tisch und schrieb. Er schien ein vernünftiger Mann zu sein und gefiel mir.

›Miss Jane Marple?‹, fragte er.

›Ja.‹

›Wie ich höre, waren Sie zugegen, als die Verstorbene gefunden wurde?‹

Das bestätigte ich und schilderte genau, was geschehen war. Ich glaube, der Ärmste war erleichtert, dass jemand seine Fragen zusammenhängend beantworten konnte, nachdem er sich vorher mit Sanders und Emily Trollope hatte herumschlagen müssen, die offenbar völlig die Fassung verloren hatte, was mich nicht wunderte – dieses dumme Geschöpf! Meine liebe Mutter hat mir beigebracht, dass eine Dame immer in der Lage sein sollte, sich in der Öffentlichkeit zu beherrschen, auch wenn sie innerlich einem Zusammenbruch noch so nah sein mag.«

»Eine äußerst lobenswerte Maxime«, bemerkte Sir Henry ernsthaft.

»Als ich geendet hatte, bedankte sich der Inspector und sagte: ›Jetzt muss ich Sie leider bitten, sich die Tote noch einmal anzusehen. Lag sie genauso da, als Sie ins Zimmer kamen? Sie ist nicht von der Stelle bewegt worden?‹

Ich erklärte, dass ich Mr Sanders daran gehindert hatte, und der Inspector nickte anerkennend.

›Der Herr scheint ziemlich aufgewühlt zu sein‹, meinte er.

›Ja, so scheint es‹, gab ich zurück.

Ich glaube nicht, dass ich es besonders betont habe, aber der Inspector warf mir einen eindringlichen Blick zu.

›Wir können also davon ausgehen, dass die Tote genauso daliegt, wie sie aufgefunden wurde?‹, fragte er.

›Ja, bis auf den Hut.‹

›Bis auf den Hut?‹, fragte der Inspector scharf.

Die arme Gladys, erklärte ich, hatte den Hut aufgehabt, jetzt aber lag er neben ihr. Natürlich dachte ich, die Polizisten hätten ihn abgenommen, aber das verneinte der Inspector ausdrücklich. Mit gerunzelter Stirn sah er auf die reglose Gestalt hinunter. Gladys war zum Ausgehen gekleidet – sie trug einen dunkelroten Tweedmantel mit grauem Pelzkragen. Der Hut, ein billiges Ding aus rotem Filz, lag neben ihrem Kopf.

Der Inspector verharrte minutenlang in nachdenklichem Schweigen, dann war ihm offenbar ein neuer Gedanke gekommen.

›Erinnern Sie sich zufällig, ob sie Ohrringe trug und ob das ihre Gewohnheit war?‹

Zum Glück habe ich eine gute Beobachtungsgabe und erinnerte mich jetzt, dass unter der Hutkrempe Perlen aufgeblitzt hatten. Die erste Frage konnte ich also bejahen.

›Dann ist alles klar. Die Schmuckschatulle der Dame wurde durchwühlt, allerdings war kaum etwas Wertvolles darin, wie ich höre, und man hat ihr die Ringe von den Fingern gezogen. Die Ohrringe muss der Mörder vergessen haben, deshalb ist er nach der Entdeckung der Tat noch einmal zurückgekommen, um sie zu holen. Ein dreister Bursche. Oder vielleicht …‹ Er sah sich noch einmal im Zimmer um und setzte zögernd hinzu: ›Womöglich hat er sich die ganze Zeit hier im Zimmer verborgen gehalten …‹

Diesen Gedanken verneinte ich. Ich selbst hatte unters Bett geschaut, und der Direktor hatte die Türen des Kleiderschranks geöffnet. Andere Verstecke bot das Zimmer nicht. Das Hutfach in der Mitte des Kleiderschranks war abgeschlossen, aber das war nicht tief und mit Regalbrettern versehen, niemand hätte sich dort verbergen können.

Der Inspector nickte nachdenklich.

›In diesem Fall muss er, wie ich schon sagte, noch einmal zurückgekommen sein. Wirklich ein überaus dreister Bursche.‹

›Aber der Direktor hatte die Tür abgeschlossen und den Schlüssel an sich genommen.‹

›Das hat nichts zu sagen. Der Dieb ist über den Balkon und die Feuerleiter gekommen. Vielleicht haben Sie ihn sogar bei der Arbeit gestört. Er flieht durchs Fenster, und als Sie alle fort sind, kommt er zurück und macht weiter.‹

›Sind Sie sicher, dass es diesen Dieb wirklich gibt?‹, fragte ich.

›Es sieht ganz danach aus‹, antwortete er trocken, aber etwas in seinem Ton ließ mich hoffen. Ohne Weiteres war er bestimmt nicht bereit, Mr Sanders die Rolle des trauernden Witwers abzunehmen.

Ich gebe gern zu, dass ich ganz unter dem Eindruck einer *idée fixe* stand, wie unsere Nachbarn, die Franzosen, es nennen. Ich wusste, dass dieser Sanders seiner Frau nach dem Leben trachtete. Was ich nicht berücksichtigt hatte, war ein seltsames, ja skurriles Phänomen – der sogenannte Kamerad Zufall. Meine Meinung zu Mr Sanders war, davon war ich überzeugt, hundertprozentig zutreffend. Der Mann war ein Schuft. Doch auch wenn sein geheuchelter Kummer mich nicht einen Augenblick überzeugte, waren seine Überraschung und Verwirrung doch vorzüglich gespielt. Sie wirkten absolut natürlich. Nach meinem Gespräch mit dem Inspector beschlichen mich Zweifel. Wenn er diese schreckliche Tat begangen hatte, konnte ich mir beim besten Willen nicht erklären, warum er sich über die Feuerleiter noch einmal ins Zimmer geschlichen und seiner Frau die Ohrringe abgenommen hatte. Es war wider jede Vernunft, und Sanders war ein absolut vernunftgesteuerter Mensch – ebendeshalb hielt ich ihn ja für so gefährlich.«

Miss Marple blickte in die Runde.

»Sie ahnen vielleicht schon, worauf ich hinauswill? So oft geschieht das Unerwartete in dieser Welt. Dass ich meiner Sache so sicher war, hatte mich wohl blind gemacht. Das Ergebnis war ein Schock für mich. Es ließ sich zweifelsfrei beweisen, dass Mr Sanders dieses Verbrechen unmöglich begangen haben konnte ...«

Mrs Bantry schnappte verblüfft nach Luft. Miss Marple sah sie an.

»Ich weiß, dass Sie damit zu Beginn meiner Geschichte nicht gerechnet hatten, meine Liebe, und mir ging es genauso. Aber Fakten sind Fakten, und wenn einem das Gegenteil bewiesen wird, muss man sich bescheiden und noch einmal von vorn anfangen. Dass Mr Sanders im Grunde seines Herzens ein Mörder war, wusste ich, nichts hätte mich von dieser Überzeugung abbringen können.

Jetzt also zu den Fakten. Nachmittags hatte Mrs Sanders bekanntlich mit den Mortimers Bridge gespielt. Gegen Viertel nach sechs verabschiedete sie sich von ihnen. Vom Haus ihrer Bekannten bis zur Klinik ging man zu Fuß eine Viertelstunde – weniger, wenn man sich beeilte. Sie kehrte daher gegen halb sieben zurück. Niemand sah sie kommen, sie betrat das Haus demnach durch den Seiteneingang und ging rasch auf ihr Zimmer. Dort zog sie sich um – der rehbraune Mantel und das Kleid, das sie zu der Bridgeparty getragen hatte, hingen im Schrank – und wollte offenbar gerade wieder gehen, als sie niedergeschlagen wurde. Höchstwahrscheinlich hat sie gar nicht gemerkt, wer sie überfallen hat. Der Sandsack ist, wie ich mir habe sagen lassen, eine sehr wirkungsvolle Waffe. Es sieht aus, als hätte sich der Angreifer im Zimmer versteckt, möglicherweise in der Hälfte des Kleiderschranks, die sie nicht geöffnet hatte.

Jetzt zu Mr Sanders. Er verließ wie gesagt gegen halb sechs oder ein wenig später das Haus, erledigte ein paar Einkäufe in verschiedenen Geschäften und betrat gegen sechs das Grand Spa Hotel, wo er zwei Freunden begegnete, mit denen er später in die Klinik zurückkam. Sie spielten Billard und tranken wohl auch diverse Whisky-Sodas. Ab sechs waren diese beiden, Hitchcock und Spender hießen sie, die ganze Zeit bei ihm. Sie begleiteten ihn in die Klinik, und er ließ sie nur kurz stehen, um Miss Trollope und mich zu begrüßen. Das war wie gesagt gegen Viertel vor sieben. Um diese Zeit muss seine Frau schon tot gewesen sein.

Ich sollte noch hinzufügen, dass ich selbst mit seinen Bekannten gesprochen habe. Sie gefielen mir nicht, sie waren weder liebenswürdig, noch betrugen sie sich wie Gentlemen, aber eins stand für mich fest: An ihrer Aussage, Sanders sei die ganze Zeit mit ihnen zusammen gewesen, war nicht zu rütteln.

Da war noch ein Punkt, den ich erwähnen sollte. Während der Bridgepartie wurde Mrs Sanders ans Telefon gerufen. Ein Mr Littleworth wolle sie sprechen. Nach dem Anruf schien es, als hätte sie etwas Aufregendes und Erfreuliches gehört – und deshalb machte sie ein oder zwei schwere Fehler. Früher als erwartet verließ sie ihre Bekannten.

Mr Sanders wurde gefragt, ob seines Wissens Littleworth ein Bekannter seiner Frau sei, aber er beteuerte, er habe diesen Namen noch nie gehört. Meiner Meinung nach wird das durch die Haltung seiner Frau bestätigt – auch ihr war der Name Littleworth offenbar unbekannt. Dennoch war sie vom Telefon lächelnd und errötet zurückgekommen, es sieht also so aus, als hätte der Anrufer nicht seinen wahren Namen genannt, und schon das ist verdächtig, nicht wahr?

Mir blieb nun die Wahl zwischen der unwahrscheinlich klingenden Einbrechergeschichte und der Vermutung, dass Mrs Sanders noch einmal aus dem Haus gehen und sich mit jemandem treffen wollte. Gelangte dieser Jemand über die Feuerleiter in ihr Zimmer? Kam es zu einem Streit? Oder überfiel er sie heimtückisch?«

Miss Marple verstummte.

»Und wie lautet die Antwort?«, fragte Sir Henry.

»Ob wohl einer aus dieser Runde sie erraten kann?«

»Ich bin nicht gut im Raten«, sagte Mrs Bantry. »Dass Sanders ein so stichfestes Alibi hatte, ist zwar schade, aber wenn Sie sich damit zufriedengegeben haben, ist es wohl in Ordnung.«

Jane Helier neigte den schönen Kopf und stellte eine Frage.

»Warum war das Hutfach abgeschlossen?«

»Wie gescheit von Ihnen, mein Kind«, strahlte Miss Marple. »Genau das hatte ich mich auch gefragt. Allerdings war die Erklärung ganz einfach. In dem Fach waren ein Paar Hausschuhe und Taschentücher, die Gladys ihrem Mann zu Weihnachten besticken wollte. Deshalb hatte sie das Fach abgeschlossen. Der Schlüssel fand sich in ihrer Handtasche.«

»Dann ist das wohl eher uninteressant«, sagte Jane.

»Im Gegenteil«, widersprach Miss Marple. »Es ist das

einzig wirklich Interessante, das alle Pläne des Mörders zunichtemachte.«

Die ganze Runde sah die alte Dame groß an.

»Ich selbst habe es erst nach zwei Tagen begriffen«, sagte Miss Marple. »Ich überlegte und überlegte, und plötzlich war alles sonnenklar. Ich ging zu dem Inspector und bat ihn, etwas auszuprobieren, was er dann auch tat.«

»Was denn?«

»Ich bat ihn, der armen Frau den Hut aufzusetzen, und natürlich gelang ihm das nicht. Es war nicht ihr Hut.«

Mrs Bantry riss die Augen auf.

»Aber erst hatte sie ihn auf dem Kopf?«

»Nicht sie ...«

Miss Marple legte eine bedeutungsvolle Pause ein, dann fuhr sie fort:

»Wir gingen davon aus, dass die Tote die arme Gladys war, aber wir haben ihr nicht ins Gesicht gesehen. Sie lag mit dem Gesicht nach unten, und der Hut verbarg alles.«

»Aber sie ist tatsächlich ermordet worden?«

»Ja, später. Während wir mit der Polizei telefonierten, war Gladys Sanders noch gesund und munter.«

»Sie meinen, dass es jemand war, der sich für sie ausgab? Aber als Sie die Frau angefasst haben, mussten Sie doch ...«

»Die Frau war tot«, erklärte Miss Marple mit Nachdruck.

»Aber Herrgott noch mal«, polterte Colonel Bantry los. »Leichen sind doch nicht beliebig verfügbar. Was hat er mit ... mit der ersten Leiche hinterher gemacht?«

»Er hat sie zurückgebracht«, erklärte Miss Marple. »Es war ein hinterhältiger, aber sehr schlauer Plan, der ihm aufgrund unseres Gesprächs im Salon gekommen ist. Warum sollte er nicht die Leiche des armen Hausmädchens Mary benutzen? Das Zimmer der Sanders war ganz oben bei den Dienstbotenunterkünften. Marys Zimmer lag nur zwei Türen weiter. Sanders setzte darauf, dass der Bestatter erst nach Anbruch der Dunkelheit kommen würde. Er trägt die Tote über den Balkon – um fünf war es schon dunkel –, zieht ihr ein Kleid seiner Frau und den roten Mantel an – und merkt, dass das Hutfach abgeschlossen ist. Kurz entschlossen holt er einen Hut des armen Mädchens – wem sollte das schon auffallen? Er legt den Sandsack neben sie, dann geht er los, um sich ein Alibi zu besorgen.

Er ruft seine Frau an – als ein Mr Littleworth. Was er zu ihr sagt, weiß ich nicht, sie war eben eine gutgläubige Seele. Jedenfalls bringt er sie dazu, die Bridgepartie vorzeitig zu verlassen und nicht in die Klinik zurückzugehen, sondern ihn um sieben im Park der Klinik am Fuß der Feuerleiter zu treffen. Möglicherweise hat er gesagt, er habe eine Überraschung für sie.

Er kehrt mit seinen Freunden in die Klinik zurück und sorgt dafür, dass Miss Trollope und ich in seinem Beisein das Verbrechen entdecken. Er macht sogar Anstalten, die Tote umzudrehen, woran ich ihn hindere. Dann wird die Polizei gerufen, und er wankt, vom Kummer überwältigt, in den Park.

Niemand hat ihn gefragt, was er *nach* dem Verbrechen getan hat. Er trifft sich mit seiner Frau, steigt mit ihr die Feuerleiter hoch, sie betreten ihr Zimmer. Vielleicht hat er ihr schon irgendeine Lügengeschichte über die Tote erzählt. Sie beugt sich über das Mädchen, er greift nach dem Sandsack und schlägt zu … Selbst heute noch wird mir übel, wenn ich daran denke. Dann zieht er ihr schnell Mantel und Kleid aus, hängt beides auf und zieht ihr die Sachen der Toten an.

Aber der Hut passt nicht. Mary hatte eine Dauerwelle, Gladys Sanders aber trug das Haar wie gesagt in einem dicken Nackenknoten. Er muss den Hut neben der Leiche liegen lassen und hoffen, dass es niemandem auffällt. Dann bringt er die Leiche der armen Mary zurück in ihr Zimmer und legt sie wieder anständig hin.«

»Unglaublich«, sagte Dr Lloyd. »Es war ein irrsinniges Risiko. Wenn nun die Polizei zu früh eingetroffen wäre …«

»Bedenken Sie, dass die Leitung gestört war«, sagte Miss Marple. »Das war auch sein Werk. Er konnte es sich nicht leisten, dass die Polizei zu früh an Ort und Stelle war. Als die Beamten eintrafen, hielten sie sich kurz im Büro des Direktors auf, ehe sie das Zimmer der Sanders betraten. Das war der heikelste Punkt – dass jemand den Unterschied zwischen einer Leiche bemerken könnte, die schon seit zwei Stunden tot war, und einer anderen, die erst vor einer halben Stunde gestorben war. Aber er setzte darauf, dass diejenigen, die das Verbrechen entdeckten, kein Fachwissen besaßen.«

Dr Lloyd nickte.

»Man ging wohl davon aus, dass das Verbrechen gegen Viertel vor sieben begangen worden war«, sagte er. »Tatsächlich geschah es um sieben oder wenige Minuten danach. Als der Polizeiarzt die Leiche untersuchte, war es mindestens halb acht. Er konnte es unmöglich erkennen.«

»Ich hätte es wissen müssen«, erklärte Miss Marple.

»Ich nahm die Hand des armen Mädchens, und sie war eiskalt. Aber wenig später drückte sich der Inspector so aus, als wäre der Mord kurz vor unserer Ankunft begangen worden – und ich habe nichts bemerkt.«

»Sie haben genug bemerkt, Miss Marple«, sagte Sir Henry. »Der Fall lag vor meiner Zeit. Ich kann mich nicht einmal erinnern, davon gehört zu haben. Wie ging es weiter?«

»Sie haben Sanders gehängt«, antwortete Miss Marple sachlich. »Und das war gut so. Ich habe nie bereut, dass ich dazu beigetragen habe, diesen Mann seiner gerechten Strafe zuzuführen. Ich halte nichts von den modernen humanitären Skrupeln wegen der Todesstrafe.«

Ihr strenges Gesicht wurde milder.

»Ich habe mir oft bittere Vorwürfe gemacht, weil ich das Leben dieser armen Frau nicht habe retten können. Aber wer hätte auf eine alte Frau gehört, die übereilte Schlüsse zieht? Wer weiß, vielleicht war es besser für sie zu sterben, solange das Leben noch schön war, als unglücklich und enttäuscht in einer Welt weiterzuleben, die plötzlich nur noch Schrecken für sie bereithielt. Sie hat diesen Mann geliebt und ihm vertraut. Sie ist ihm nie auf die Schliche gekommen.«

»Ja, dann war das doch gut für sie«, sagte Jane Helier. »Ich wünschte nur …« Sie hielt inne.

Miss Marple betrachtete die berühmte, die schöne, die erfolgreiche Jane Helier und nickte sacht.

»Ich verstehe, mein Kind«, sagte sie sehr sanft, »ich verstehe.«

Aus dem Englischen von Renate Orth-Guttmann

Dorothy L. Sayers

Die Perlenkette

Ein Fall für Lord Peter Wimsey

Sir Septimus Shale pflegte seine Autorität einmal – und nur einmal – im Jahr geltend zu machen. Er ließ seine junge, elegante Frau das Haus mit geometrischen Stahlrohrmöbeln anfüllen, sie konnte avantgardistische Maler und alogische Dichter sammeln, an Cocktails und Relativitätstheorie glauben und sich so extravagant kleiden, wie sie Lust hatte; aber er bestand darauf, dass Weihnachten auf altmodische Weise gefeiert wurde. Er hatte ein schlichtes Gemüt, an Plumpudding und Knallbonbonsprüchen wirklich Freude, und es erschien ihm unmöglich, dass diese Dinge anderen »im Grunde« nicht ebenso gut gefielen. So zog er sich zu Weihnachten unweigerlich auf sein Landhaus in Essex zurück; die Dienstboten mussten Stechpalmen- und Mistelzweige an die kubistischen Beleuchtungskörper hängen, er selbst belud das Stahlrohrbüfett mit Delikatessen und Naschwerk, drapierte Strümpfe über das Kopfteil der polierten Nussbaumbetten und ließ sogar für dies eine Mal die elektrischen Heizanlagen aus den Kaminen entfernen, damit man Holzfeuer und einen Julklotz anzünden konnte. Dann versammelte er seine Familie und seine Freunde um sich und stopfte sie mit so vielen guten Dingen voll, wie er ihnen nur aufzunötigen vermochte. Nach dem Weihnachtsschmaus dirigierte er sie in den Salon, um sie mit Scharaden und anderen Gesellschaftsspielen, etwa Tier, Pflanze, Mineral zu unterhalten; auch Versteckspielen im ganzen Haus gehörte zu den gebotenen Vergnügungen. Weil Sir Septimus ein sehr reicher Mann war, stimmten seine Gäste diesem stets gleichen Programm zu, und wenn sie sich dabei langweilten, ließen sie doch nichts davon verlauten.

Ein weiterer reizender Brauch, an dem er festhielt, war, dass er seiner Tochter Margharita zu jedem Geburtstag eine Perle schenkte – und dieser Geburtstag fiel mit dem Heiligen Abend zusammen. Inzwischen waren es zwanzig Perlen geworden, und die Kollektion erfreute sich allmählich einer gewissen Berühmtheit; verschiedene Gesellschaftsblätter hatten eine Abbildung gebracht. Obwohl die Perlen nicht ungewöhnlich groß waren – jede etwa wie eine Erbse –, besaßen sie doch beträchtlichen Wert. Sie hatten eine erlesen schöne Farbe, waren vollendet geformt und passten haargenau zueinander. An diesem besonderen Weihnachtsabend hatte die Überreichung der einundzwanzigsten Perle Anlass zu außergewöhnlichen Feierlichkeiten geboten. Man tanzte, und es wurden Reden gehalten. Am folgenden Abend fand die Feier im engeren Familienkreis bei Truthahn und viktorianischen Gesellschaftsspielen statt. Es waren elf Gäste, die mit Sir Septimus und Lady Shale und ihrer Tochter zusammensaßen, fast alle mit ihnen verwandt oder sonst wie verbunden: John Shale, ein Bruder, mit seiner Frau, seinem Sohn Henry und seiner Tochter Betty; Bettys Verlobter Oswald Truegood, ein junger Mann mit parlamentarischen Ambitionen;

George Camphrey, ein Vetter von Lady Shale, etwa dreißigjährig und als Lebemann bekannt; Lavinia Prescott, Georges wegen eingeladen; Joyce Trivett, Henry Shales wegen eingeladen; Richard und Beryl Dennison, entfernte Verwandte von Lady Shale, die in der Stadt ein recht munteres und teures Leben führten, von dem niemand so recht wusste, wie sie es finanzierten; und schließlich Lord Peter Wimsey, der – eine geradezu rührend törichte Hoffnung – um Margharitas willen hergebeten worden war. Außerdem waren natürlich William Norgate, der Sekretär von Sir Septimus, und Miss Tomkins, die Sekretärin Lady Shales, anwesend; sie mussten dabei sein, weil ohne ihr Wirken im Hintergrund das Weihnachtsprogramm nicht hätte durchgeführt werden können. Das Essen war vorüber – eine scheinbar endlose Folge von Suppe, Fisch, Truthahn, Roastbeef, Plumpudding, glasierten Früchten, Nüssen und fünferlei Wein, präsidiert von Sir Septimus, ganz lächelnde Freundlichkeit, neben ihm Lady Shale, ganz mokante Geringschätzung, und Margharita, hübsch und gelangweilt, mit der Kette aus einundzwanzig Perlen, die sanft an ihrem schlanken Hals schimmerten.

Die Gesellschaft, die, mit vollem Magen, einzig nach horizontaler Lage verlangte, wurde in den Salon geführt, wo man Sesseltanz (Miss Tomkins am Klavier) und Fang den Pantoffel (Pantoffel mit Miss Tomkins und Mr William Norgate) spielte. Der hintere Salon – Sir Septimus hing an solch altmodischen Bezeichnungen – gab das Umkleidezimmer ab; Flügeltüren trennten ihn vom großen Hauptraum, wo das Publikum auf Leichtmetallstühlen saß und in der furchterregenden Helle des

Lampenlichts, das von der Metalldecke zurückgeworfen wurde, unbehaglich auf dem schwarz spiegelnden Fußboden scharrte.

William Norgate regte nach einer kurzen Prüfung der Stimmungskurve bei Lady Shale an, etwas weniger Turbulentes zu spielen. Lady Shale war sogleich einverstanden und schlug, wie gewöhnlich, Bridge vor. Sir Septimus tat diesen Vorschlag, wie gewöhnlich, mit einer Handbewegung ab.

»Bridge? Unsinn! Spielt Bridge an jedem Abend eures Lebens. Aber heute ist Weihnachten. Etwas, das wir alle miteinander spielen können – wie wär's mit Tier, Pflanze, Mineral?«

Dieser intellektuelle Zeitvertreib stand bei Sir Septimus hoch in Gunst; er war recht geschickt, wenn es darauf ankam, bedeutungsschwere Fragen zu stellen. Nach kurzer Diskussion wurde es offensichtlich, dass dieses Spiel ein unvermeidlicher Programmpunkt war. Die Gesellschaft stimmte also zu, und Sir Septimus ging als Erster vor die Tür, um die Sache in Schwung zu bringen. Kurz darauf hatten sie unter anderem die Fotografie von Miss Tomkins' Mutter geraten, dann eine Schallplatte mit »Ich möchte glücklich sein« (es brauchte dazu wissenschaftliche Forschungen über die genaue Zusammensetzung der Platten, von William Norgate aus der Encyclopædia Britannica beigesteuert), dann den kleinsten Stichling im Bach am Ende des Gartens, außerdem den Planeten Pluto, den neuen Schal, den Mrs Dennison trug (sehr schwierig, denn er war nicht aus Seide, was tierisch, oder Kunstseide, was pflanzlich gewesen wäre, sondern aus gesponnenem Glas, also mineralisch – ein sehr gescheit gewähltes Objekt); versagt hatten sie beim Erraten der Radioansprache des Premierministers, die etwas unfair klassifiziert wurde, da man sich nicht schlüssig werden konnte, ob sie als tierisch angesehen werden müsse oder als eine Art Gas. Schließlich kam man überein, noch eine weitere Runde zu spielen und dann auf Verstecken überzugehen. Oswald Truegood verschwand im hinteren Salon und schloss die Tür. Während die anderen über das nächste Wort verhandelten, unterbrach plötzlich Sir Septimus das Hin und Her. »Margy«, rief er seiner Tochter zu, »was hast du mit deiner Halskette gemacht?«

»Ich habe sie abgenommen, Papa, weil ich dachte, sie könnte bei der Scharade entzweigehen. Sie liegt drüben auf dem Tisch. Nein, da ist sie nicht. Hast du sie weggenommen, Mutter?«

»Nein. Aber wenn sie mir unter die Augen gekommen wäre, dann hätte ich's getan. Du bist ein unachtsames Kind.«

»Ich glaube, du selbst hast sie genommen, Papa. Du willst mich ärgern.«

Sir Septimus wies diese Beschuldigung energisch zurück. Alles geriet nun in Bewegung und begann herumzusuchen. Es gab in dem kahlen, blanken Raum nicht viele Stellen, an denen sich eine Halskette verstecken konnte. Nach zehn Minuten fruchtloser Jagd sah Richard Dennison, der am nächsten vom Tisch gesessen hatte, ziemlich unbehaglich drein.

»Peinlich, nicht wahr?«, bemerkte er zu Wimsey.

In diesem Augenblick streckte Oswald Truegood den Kopf durch die Flügeltür und fragte, ob sie sich nicht endlich auf etwas geeinigt hätten, er werde nämlich langsam nervös.

Das lenkte die Aufmerksamkeit der Suchenden auf den hinteren Raum. Margharita musste sich irren: Sie hatte die Kette dorthin mitgenommen, und nun waren die Perlen irgendwie unter die Scharadenkostüme geraten. Das Zimmer wurde durchstöbert, jedes nur mögliche Ding hochgehoben und geschüttelt. Allmählich sah die Sache ernst aus. Nach einer halben Stunde verzweifelter Bemühungen wurde allen klar, dass die Perlen nirgends zu finden waren.

»Sie müssen irgendwo in diesen beiden Räumen sein«, sagte Wimsey.

»Der hintere Salon hat keine Tür nach außen, und aus dem vorderen Salon konnte sich niemand entfernen, ohne gesehen zu werden. Die Fenster allerdings …«

Nein. Die Fenster waren alle an der Außenseite durch schwere Läden geschützt, zu deren Öffnen und Schließen zwei Diener benötigt wurden. Auf diesem Weg waren die Perlen nicht verschwunden. Eigentlich war überhaupt die Vorstellung, sie seien nicht mehr im Salon, sehr unangenehm. Denn … denn …

William Norgate, tüchtig wie immer, sah der Konsequenz solcher Überlegung kühl und kühn ins Gesicht.

»Ich glaube, Sir Septimus, es wäre für alle Anwesenden eine Erleichtung, wenn wir durchsucht werden könnten.«

Sir Septimus war entsetzt. Doch die Gäste stellten sich hinter Norgate. Die Tür wurde verschlossen und die Suchaktion durchgeführt – für die Damen im hinteren, für die Herren im vorderen Salon.

Sie erbrachte kein Resultat, ausgenommen ein paar sehr interessante Informationen über die Besitztümer, die der Durchschnittsmann und die Durchschnittsfrau gewöhnlich mit sich herumtragen. Es schien noch natürlich, dass Lord Peter Wimsey eine Zange besaß, eine Taschenlupe und einen kleinen zusammenlegbaren Zollstock – war er nicht der Sherlock Holmes der vornehmen Welt? Aber dass Oswald Truegood zwei Leberpillen in einem Papiertütchen bei sich hatte und Henry Shale eine kleine Ausgabe der Oden des Horaz, das kam überraschend. Und warum füllte John Shale die Taschen seines Gesellschaftsanzuges mit einem Klumpen roten Siegellacks, einem hässlichen kleinen Talisman und einem Fünfshillingstück? George Comphrey hatte eine zusammenlegbare Schere und drei eingewickelte Zuckerstücke, wie sie in Restaurants und Speisewagen serviert werden – Beweis für eine nicht ungewöhnliche Form der Kleptomanie –, aber dass der ordentliche, penible Norgate sich mit einer Rolle weißen Zwirns, drei verschieden langen Stücken Bindfaden und zwölf Sicherheitsnadeln auf einem Kärtchen ausstaffierte, schien wirklich bemerkenswert, bis jemand sich daran erinnerte, dass er das Anbringen der Weihnachtsdekorationen beaufsichtigt hatte. Richard Dennison brachte unter verlegenem Lachen ein Damenstrumpfband, ein Döschen Compactpuder und eine halbe Kartoffel zutage; die Letztere, sagte er, sei ein Vorbeugungsmittel gegen Rheumatismus (an dem er litt), die anderen Sachen gehörten seiner Frau. Bei den Damen waren die eindrucksvollsten Fundstücke ein Büchlein über Chiromantie, drei durchsichtige Haarnadeln und ein Babyfoto (Miss Tomkins), eine chinesische

Zigarettendose mit Geheimfach (Beryl Dennison); ein sehr privater Brief und ein Instrument zum Aufnehmen von Laufmaschen (Lavinia Prescott) und schließlich eine Augenbrauenpinzette und ein Päckchen weißes Pulver, angeblich gegen Kopfschmerzen (Betty Shale). Ein paar aufregende Augenblicke folgten, als Joyce Trivett aus ihrer Handtasche eine dünne Perlenschnur herauszog – aber dann erinnerte man sich prompt, dass diese Perlen aus einem Knallbonbon stammten, und sie waren denn auch tatsächlich synthetisch. Kurzum, mit der allgemeinen Durchsuchung hatte man nichts erreicht als genierte Gesichter und das Unbehagen, das immer entsteht, wenn man sich zu ungewohnter Tageszeit hastig aus- und ankleiden muss. Irgendwer ließ nun, widerwillig und zögernd, das schreckliche Wort »Polizei« fallen. Sir Septimus war natürlich außer sich über diese Idee. Er fand sie abscheulich. Nie würde er das erlauben. Die Perlen mussten irgendwo sein. Man brauchte nur die beiden Räume noch einmal zu durchsuchen. Und könnte nicht Lord Peter Wimsey, bei seiner Erfahrung mit – hm – mysteriösen Ereignissen, ihnen irgendwie behilflich sein?

»Wie?«, fragte Seine Lordschaft. »O ja, beim Himmel, gewiss, gewiss. Das heißt, vorausgesetzt, dass niemand meint – äh, nicht wahr? – ich will sagen, Sie wissen doch nicht, ob ich nicht selbst verdächtig bin, wie?«

Lady Shale schaltete sich nachdrücklich ein. »Wir glauben nicht, dass irgendjemand verdächtigt werden sollte«, sagte sie. »Aber wenn wir schon solche Gedanken hätten, wüssten wir, dass Sie es nicht sein können. Sie wissen viel zu viel von Verbrechen, als dass Sie Lust dazu hätten, selbst eins zu begehen.«

»Schön«, antwortete Wimsey. »Aber nach dem, wie die Räumlichkeiten durchwühlt worden sind …« Er zuckte mit den Achseln.

»Ja, ich fürchte, Sie werden keinerlei Fußspuren finden können«, sagte Margharita. »Doch vielleicht haben wir etwas übersehen.« Wimsey nickte.

»Ich will's versuchen. Bitte, bleiben Sie alle hier auf Ihren Stühlen im vorderen Salon sitzen. Alle bis auf einen von Ihnen – ich hätte lieber einen Zeugen für das, was ich tue oder finde. Sir Septimus – Sie sind der Geeignetste, denke ich.«

Er dirigierte sie an ihre Plätze und begann einen langsamen Rundgang durch die beiden Räume; er untersuchte jede Möbelfläche, betrachtete die glattglänzende Metalldecke und kroch auf allen vieren in der bewährten Manier kreuz und quer über den schwarzen, spiegelnden Fußboden. Sir Septimus folgte ihm, er starrte mit, wenn Wimsey etwas anstarrte, er stützte die Hände auf die Knie, wenn Wimsey sich bückte, und schnaufte von Zeit zu Zeit laut vor Erstaunen und Kummer. So rückten sie langsam weiter wie ein Mann, der einen eifrig schnuppernden jungen Hund gemächlich auf der Gasse ausführt. Glücklicherweise erleichterte Lady Shales innenarchitektonischer Geschmack die Untersuchung; es gab kaum Winkel oder Ecken, in denen etwas versteckt sein konnte.

Sie kamen in den hinteren Salon, und hier wurden die Scharadenkostüme noch einmal peinlich genau inspiziert, doch ohne Ergebnis. Schließlich legte sich Wimsey flach auf den Bauch, um unter einen Schrank zu spähen, eines der wenigen Möbelstücke, die kurze Beine hatten.

Irgendetwas schien dort seine Aufmerksamkeit zu fesseln. Er krempelte die Ärmel hoch und streckte den Arm in den Spalt, zappelte krampfhaft im Bemühen, weiter zu reichen, als es menschenmöglich war, holte dann aus seiner Tasche den zusammenlegbaren Zollstock und fischte mit ihm unter dem Schrank herum. Schließlich glückte es ihm, hervorzuholen, was er gesucht hatte.

Es war etwas sehr Kleines – ein Nagel, ein Stift. Kein gewöhnlicher, sondern einer, wie ihn etwa die Entomologen benützen, um besonders kleine Schmetterlinge für ihre Sammlung aufzuspießen. Er war ungefähr zwei Zentimeter lang und so dünn wie eine sehr feine Nadel; er hatte eine scharfe Spitze und einen winzig kleinen Kopf.

»Meiner Seel!«, sagte Sir Septimus. »Was ist das?«

»Sammelt hier zufällig jemand Schmetterlinge oder Käfer oder sonst was?«, fragte Wimsey, während er, auf den Schenkeln hockend, den Stift besah.

»Ich bin ziemlich sicher: nein«, erwiderte Sir Septimus. »Aber ich will sie fragen.«

»Tun Sie's nicht.« Wimsey neigte den Kopf und starrte auf den Boden, von dem ihm sein eigenes Gesicht nachdenklich entgegenblickte.

»Ich hab's«, sagte Wimsey. »So ist es ausgeführt worden. Alles in Ordnung, Sir Septimus. Ich weiß, wo die Perlen sind, aber ich weiß nicht, wer sie genommen hat. Vielleicht wäre es ganz gut – zur allgemeinen Beruhigung –, das noch herauszufinden. Erzählen Sie niemand, dass wir diesen Stift da gefunden oder überhaupt etwas entdeckt haben. Schicken Sie alle zu Bett. Verschließen Sie die Salontür und nehmen Sie den Schlüssel an sich;

wir werden unseren Mann – oder unsere Frau – zur Frühstückszeit erwischen.«

»Du meine Güte«, sagte Sir Septimus äußerst verwirrt.

Lord Peter Wimsey überwachte in dieser Nacht sorgfältig die Salontür. Doch niemand näherte sich ihr. Entweder vermutete der Dieb eine Falle, oder er glaubte sicher, er könne die Perlen jederzeit wieder an sich nehmen. Wimsey aber hatte nicht den Eindruck, er vertue beim Warten seine Zeit. Er legte sich eine Liste der Leute an, die während des Spiels Tier, Pflanze, Mineral allein im hinteren Raum gewesen waren. Diese Liste lautete folgendermaßen:

Sir Septimus Shale
Lavinia Prescott
William Norgate
Joyce Trivett und Henry Shale (zusammen, weil sie behaupteten, sie seien ohne Hilfe unfähig zu raten)
Mrs Dennison
Betty Shale
George Comphrey
Richard Dennison
Miss Tomkins
Oswald Truegood

Desgleichen machte er eine Liste der Leute, denen Perlen nützlich oder wünschenswert sein mochten. Leider stimmte diese zweite Liste fast ganz mit der ersten überein (Sir Septimus stets ausgenommen), und so half sie nicht viel weiter. Der Sekretär und die Sekretärin waren beide mit guten Referenzen engagiert worden, aber genau die hätten sie sich auch besorgt, wenn sie mit Hintergedanken hierhergekommen wären. Die Dennisons, das war bekannt, lebten von der Hand in den Mund. Betty Shale hatte mysteriöse weiße Pulver in der Handtasche, und man wusste, dass sie in der Stadt mit einer ziemlich fragwürdigen Clique verkehrte. Henry war ein harmloser Bursche, aber Joyce Trivett konnte ihn um den kleinen Finger wickeln, und sie war, was Jane Austen »kostspielig und liederlich« zu nennen beliebte. Comphrey spekulierte. Oswald Truegood erschien ziemlich regelmäßig in Epsom und Newmarket. Die Suche nach Motiven war nur allzu leicht.

Als ein Hausmädchen und ein Diener zum Saubermachen im Flur auftauchten, gab Wimsey seinen Beobachterposten auf, kam aber zeitig zum Frühstück. Sir Septimus mit Frau und Tochter waren noch vor ihm da, und eine gewisse Spannung lag in der Luft. Wimsey, der vor dem Kamin stand, machte Konversation über Wetter und Politik.

Nach und nach fand sich die ganze Gesellschaft ein, aber wie auf Verabredung wurde nichts von Perlen gesprochen, bis nach dem Frühstück Oswald Truegood den Stier bei den Hörnern packte. »Nun«, sagte er, »wie kommt unser Detektiv voran? Haben Sie Ihren Mann erwischt, Wimsey?«

»Noch nicht«, antwortete dieser leichthin.

Sir Septimus sah Wimsey an, als erwarte er sein Stichwort, räusperte sich dann und griff in das Gespräch ein.

»Alles sehr unangenehm«, sagte er, »sehr unerfreulich. Hm. Bleibt nur die Polizei, fürchte ich. Ausgerechnet zu Weihnachten. Hm. Das ganze Fest verdorben.

Kann das Zeug hier nicht mehr sehen« – er machte eine Handbewegung zu den Grüngirlanden und dem bunten Papierschmuck an den Wänden. »Wir nehmen alles herunter, hm, nicht wahr? Kein Herz mehr darin. Hm. Verbrennen das Ganze.«

»Wie schade, wir haben uns so viel Arbeit damit gemacht«, sagte Joyce.

»Ach, lass es, Onkel«, sagte Henry Shale. »Du regst dich zu viel auf über die Perlen. Ich bin sicher, sie kommen wieder zum Vorschein.«

»Soll ich nach James klingeln?«, fragte William Norgate.

»Nein«, unterbrach Comphrey, »wir wollen es selbst tun. Das gibt uns Beschäftigung und lenkt von unangenehmen Gedanken ab.«

»Das stimmt«, sagte Sir Septimus. »Fangen Sie nur gleich an. Der Anblick ist mir zuwider.«

Wütend zerrte er einen großen Stechpalmenzweig vom Kaminsims und warf ihn in die aufprasselnden Flammen.

»Das ist das Richtige«, sagte Richard Dennison, »macht ein hübsches Feuerchen.« Er sprang vom Tisch auf und riss das Mistelgrün vom Kronleuchter. »Los also! Noch einen Kuss für jemand, bevor es zu spät ist!«

»Bringt es nicht Unglück, wenn man die Zweige vor Neujahr herunternimmt?«, gab Miss Tomkins zu bedenken.

»Unglücklich hin oder her? Wir räumen alles ab. Auch von den Treppen und im Salon. Jemand soll den Kram einsammeln.«

»Ist der Salon nicht zugesperrt?«, fragte Oswald.

»Nein. Lord Peter sagt, die Perlen seien weiß der

Himmel wo, aber nicht dort; so ist die Tür nicht mehr verschlossen. Stimmt's, Wimsey?«

»Gewiss. Die Perlen sind aus den beiden Räumen verschwunden. Ich kann noch nicht sagen, wie, aber ich bin dessen ganz sicher. Ich wette meinen guten Namen, dass sie – wo immer sie auch sein mögen – dort oben nicht mehr sind.«

»Gut«, antwortete Comphrey, »dann also los! Kommen Sie, Lavinia, Sie und Dennison bearbeiten den Salon, und ich übernehme den hinteren Raum. Mal sehen, wer schneller ist!«

»Aber wenn die Polizei kommt«, sagte Dennison, »sollte dann nicht alles so bleiben, wie es ist?«

»Zum Teufel mit der Polizei!«, donnerte Sir Septimus. »Die legt keinen Wert auf Grünzeug!«

Oswald und Margharita entfernten schon mit lautem Gelächter die Stechpalmenzweige und Efeuranken im Treppenhaus. Die Gesellschaft verstreute sich. Wimsey ging rasch die Treppe hinauf und in den Salon, wo das Zerstörungswerk mit großer Geschwindigkeit fortschritt: George hatte mit den anderen beiden zehn Shilling gegen ein Sixpencestück gewettet, dass sie mit ihrer Arbeit nicht vor ihm fertig wären.

»Sie dürfen nicht helfen«, sagte Lavinia lachend zu Wimsey. »Das wäre unfair.«

Wimsey erwiderte nichts, aber er wartete, bis der Salon leer war. Dann folgte er den anderen in die Halle hinunter, wo im Kamin das Feuer loderte und Funken versprühte. Er flüsterte mit Sir Septimus, der sich daraufhin in Bewegung setzte und Comphrey eine Hand auf die Schulter legte.

»Lord Peter möchte mit Ihnen sprechen, mein Junge«, sagte er. Comphrey ging etwas widerstrebend, wie es schien, mit ihm.

»Mr Comphrey«, sagte Wimsey, »ich denke, das hier dürfte Ihnen gehören.« Er hielt ihm die Handfläche entgegen, auf der zweiundzwanzig feine Stifte mit kleinen Köpfen lagen.

»Geistvoll«, sagte Wimsey, »aber etwas weniger Geistvolles hätte seinen Zwecken besser gedient. Es war sehr ungünstig, Sir Septimus, dass Sie die Perlen gerade zu diesem Zeitpunkt erwähnten. Selbstverständlich hoffte er, dass der Verlust erst entdeckt würde, nachdem wir mit den Ratespielen aufgehört hatten. Beim Verstecken hätten die Perlen irgendwo im Haus verloren gegangen sein können, die Salontür wäre nicht zugesperrt worden, und er hätte seine Beute im gegebenen Augenblick wieder an sich nehmen können. Offensichtlich dachte er schon an die Möglichkeit eines Diebstahls, als er hierherkam, deshalb brachte er die Stifte mit; dass Miss Shale die Kette abnahm zum Scharadespielen, bot ihm die erwünschte Gelegenheit.

Er hatte schon früher hier Weihnachten gefeiert und wusste genau, dass Tier, Pflanze, Mineral zum Unterhaltungsprogramm gehören würde. Er brauchte nur die Halskette vom Tisch zu nehmen, als er an der Reihe war, in den hinteren Salon zu gehen, und er wusste auch, dass er mit mindestens fünf Minuten Alleinsein rechnen konnte, während wir alle über die Wahl des nächsten Wortes debattierten. So musste er bloß die Perlen mit seinem Taschenscherchen von der Schnur schneiden, die Schnur im Kamin verbrennen und die Perlen mit den dünnen Stiften an dem Mistelzweig befestigen. Der Zweig hing oben am Kronleuchter, hübsch hoch, aber er konnte ihn leicht erreichen, wenn er auf den Glastisch stieg, der keinerlei Fußspuren verraten würde; und es war nahezu gewiss, dass niemand daran dachte, die Misteln nach ungewöhnlichen Beeren abzusuchen. Auch ich wäre nicht auf den Gedanken gekommen, wenn ich nicht diesen Stift gefunden hätte, der ihm heruntergefallen war. Das brachte mich auf die Idee, dass die Perlen von der Schnur gelöst worden waren, und das Übrige ergab sich dann leicht. Ich nahm die Perlen während der Nacht herunter; auch das Schloss war da, zwischen den Stechpalmenblättern festgesteckt. Hier ist alles. Comphrey muss heute Morgen grausam erschrocken sein. Ich wusste, dass er unser Mann sei, als er vorschlug, die Gäste sollten selbst den Weihnachtsschmuck abräumen, und er wolle den hinteren Salon übernehmen – aber ich hätte gern sein Gesicht gesehen, als er zu dem Mistelzweig kam und die Perlen nicht mehr fand.«

»Und all das reimten Sie sich zusammen, als Sie den Metallstift fanden?«, fragte Sir Septimus.

»Ja, da wusste ich, wohin die Perlen gewandert waren.«

»Aber Sie warfen nie auch nur einen Blick auf den Mistelzweig.«

»Ich sah sein Spiegelbild in dem schwarz glänzenden Fußboden, und es fiel mir auf, wie sehr die Mistelbeeren Perlen glichen.«

Aus dem Englischen
von Otto Bayer

Baroness Orczy
Eine weihnachtliche Tragödie
Ein Fall für Lady Molly von Scotland Yard

I

Es war eine recht heitere Weihnachtsfeier, auch wenn sie leicht getrübt wurde durch die Verdrießlichkeit unseres Gastgebers. Doch stellen Sie sich zwei so schöne junge Frauen wie meine Lady und Margaret Ceely sowie ein weihnachtsabendliches Aschenputtel in dem wunderschönen Ballsaal von Clevere Hall vor, und Sie werden verstehen, dass nicht einmal Major Ceelys wohlbekanntes mürrisches Temperament die Heiterkeit einer schönen, altmodischen, festlichen Zusammenkunft vollends ruinieren konnte.

Es ist ein großer Sprung von einer Weihnachtsfeier hin zu all den ungeheuerlichen Verstümmelungen von Nutzvieh damals, und doch bin ich gezwungen, nun davon zu berichten, denn obwohl sich letztendlich herausstellte, dass sie nicht in Verbindung standen mit der Ermordung des unglücklichen Majors, so boten sie dem Übeltäter zweifellos die Möglichkeit, die schreckliche Tat sicher, schnell und – wie sich später herausstellte – mit einer sehr großen Chance auf Straffreiheit zu begehen.

Die ganze Nachbarschaft interessierte sich brennend für diese abscheulichen Verbrechen gegen unschuldige Tiere. Entweder waren sie das Werk einer verzweifelten

Schlägerbande, die vor nichts zurückschreckte, um an ein paar Shillings zu gelangen, oder aber von Verrückten mit einem seltsamen Hang zu sinnloser Gewalt.

Ein- oder zweimal hatte man verdächtige Gestalten auf den Feldern herumlungern sehen, und häufig hörte man mitten in der Nacht einen Wagen davonrasen. Dann konnte man bestimmt mit der Entdeckung eines neuen Verbrechens rechnen, allerdings war es den Übeltätern bisher gelungen, nicht nur die Polizei naszuführen, sondern auch die vielen Landarbeiter, die sich zu einer Gruppe von freiwilligen Wächtern zusammengefunden hatten und entschlossen waren, die Viehschänder vor Gericht zu bringen.

Während des Abendessens, das dem Tanz in Clevere Hall vorausging, hatten wir alle über diese mysteriösen Geschehnisse gesprochen; später jedoch, als die jungen Leute sich versammelt und die ersten Klänge des Walzers »Die lustige Witwe« uns in freudige Erwartung versetzt hatten, war das unangenehme Thema vergessen.

Wie immer hielt Major Ceely die Gäste nicht davon ab, früh nach Hause zu gehen, und um Mitternacht waren alle, die wir im Haus geblieben waren, zu Bett gegangen.

Meine Lady und ich teilten uns ein Schlafzimmer sowie ein Ankleidezimmer, und unsere Fenster gingen nach vorn raus. Clevere Hall befindet sich, wie Sie wissen, ganz in der Nähe von York, auf der anderen Seite von Bishopthorpe, und es ist eines der prächtigsten alten Herrenhäuser in der gesamten Umgebung. Sein einziger Nachteil besteht darin, dass die Front des Hauses, trotz der weitläufigen Gärten auf der Rückseite, sehr nahe an der Straße gelegen ist.

Etwa zwei Stunden, nachdem ich das elektrische Licht gelöscht und Lady Molly »Gute Nacht« zugerufen hatte, riss mich etwas aus der ersten Phase meines Schlafes. Plötzlich war ich hellwach und setzte mich im Bett auf. Das war unverkennbar – wenn auch noch in einiger Entfernung –, das Davonrauschen eines ungewöhnlich schnellen Wagens.

Meine Lady war ebenfalls wach. Sie sprang aus dem Bett, zog die Vorhänge beiseite und blickte aus dem Fenster. Ganz gewiss war uns beiden im Augenblick des Aufwachens derselbe Gedanke gekommen: Alle Gespräche hinsichtlich der Viehschänder und ihrer Wagen, die wir seit unserer Ankunft in Clevere gehört hatten, fielen uns gleichzeitig wieder ein.

Ich hatte mich neben Lady Molly ans Fenster begeben, und ich weiß nicht, wie viele Minuten wir dort standen, vermutlich kaum mehr als zwei, denn gleich darauf erstarb das Geräusch des Wagens auf einer Nebenstraße in der Ferne. Plötzlich wurden wir durch einen fürchterlichen Schrei aufgeschreckt: »Mord! Hilfe! Hilfe!« – er kam von der anderen Seite des Hauses. Dann herrschte eine entsetzliche, tödliche Stille. Ich stand am Fenster und zitterte vor Angst, während meine Lady, die bereits das Licht angeschaltet hatte, sich hastig ankleidete.

Der Schrei hatte selbstredend den gesamten Haushalt aus den Betten gerissen, doch meine Lady war nun sogar die Erste, die die Treppe hinunterlief und die Hintertür auf der Rückseite des Hauses erreichte, wo der gruselige und verzweifelte Schrei seinen Ursprung gehabt haben musste.

Die Tür stand weit offen. Zwei Stufen führen zu dem

terrassierten Weg, der das Haus auf dieser Seite umgrenzt, und auf ebenjenen Stufen lag Major Ceely mit dem Gesicht nach unten, die Arme von sich gestreckt und zwischen den Schulterblättern eine furchtbare Wunde.

Ein Gewehr lag ganz in der Nähe – sein eigenes. Die Vermutung lag nahe, dass er, als er das Rumpeln der Räder vernahm, mit der Waffe in der Hand hinausgelaufen war, um die flüchtigen Verbrecher zu stellen oder zumindest bei ihrer Festsetzung behilflich zu sein. Jemand hatte ihm auf der Lauer gelegen, das war offensichtlich – jemand, der vielleicht seit Tagen oder sogar Wochen auf diese Gelegenheit gewartet hatte, um den unglücklichen Mann zu überraschen.

Nun, es wäre müßig, all die verschiedenen kleinen Begebenheiten zu rekapitulieren, die sich von dem Augenblick an ereigneten, als Lady Molly und der Butler den leblosen Körper des Majors von den Terrassenstufen schleppten, bis zu dem Moment, als Miss Ceely mit bewundernswerter Gelassenheit und Geistesgegenwart dem örtlichen Polizeiinspektor und dem Arzt, die beide eilig herbeigerufen worden waren, die Einzelheiten des grässlichen Ereignisses mitteilte.

Diese kleinen Begebenheiten treten, geringfügig variiert, immer dann ein, wenn ein Verbrechen begangen wurde. Allein die allgemeinen Fakten sind von sonderbarem und überragendem Interesse.

Major Ceely war tot. Er war mit erstaunlichem Geschick und schrecklicher Gewalt hinterrücks erstochen worden. Es muss dafür eine Art schweres Klappmesser verwendet worden sein. Der Ermordete lag nun in seinem eigenen Schlafzimmer im Obergeschoss, während die Weihnachtsglocken an jenem frostigen, klaren Morgen mit ihrem jubelnden Echo die Stille der Luft durchstießen.

Natürlich hatten wir, wie auch die anderen Gäste, das Haus verlassen. Alle empfanden tiefstes Mitgefühl für die schöne junge Frau, die, noch vor wenigen Stunden voller Lebensfreude, nun im Mittelpunkt der seltsamen Geschehnisse stand, auf die jetzt der Schatten einer Tragödie, eines sonderbaren Verdachts und eines immer größer werdenden Geheimnisses fiel. Doch in solchen Zeiten sind alle Fremden, Bekannten und sogar Freunde in einem Haus bloß eine zusätzliche Bürde, die schwer auf einer bereits überwältigenden Last von Kummer und Groll liegt.

Wir bezogen unsere Zimmer im Black Swan in York. Der örtliche Inspektor hatte erfahren, dass Lady Molly in der Mordnacht in Clevere zu Gast gewesen war, und er hatte sie gebeten, in der Nähe zu bleiben.

Sicherlich hätte der Polizeipräsident ihr freimütig die Erlaubnis erteilt, die örtliche Polizei bei der Aufklärung eines so außergewöhnlichen Verbrechens zu unterstützen. Zu dieser Zeit hatten sowohl ihr Ruf als auch ihre bemerkenswerten Fähigkeiten ihren Höhepunkt erreicht, und kein Mitglied des gesamten britischen Polizeiapparats hätte im Falle eines undurchdringlichen Geheimnisses ihre Hilfe abgelehnt.

Dass der Mord an Major Ceely ein derartiges Geheimnis zu werden drohte, konnte niemand bestreiten. In Fällen dieser Art, in denen kein Raubüberfall das schwerere Verbrechen begleitet hat, ist es die Pflicht der Polizei sowie des Gerichtsmediziners, zuallererst herauszufinden, welches mögliche Motiv hinter einem derart gemeinen Überfall stecken könnte, und unter den Motiven stehen natürlich tödlicher Hass, Rache und Feindseligkeit an erster Stelle.

Doch hier sah sich die Polizei nicht nur konfrontiert mit der Schwierigkeit, herauszufinden, ob Major Ceely überhaupt Feinde hatte, sondern vielmehr zu erfahren, wer von den Menschen, die einen Groll gegen ihn hegten, hasserfüllt genug war, um für seinen Tod das Risiko des Strangs einzugehen.

Tatsächlich gehörte der unglückliche Major zu jenen elenden Menschen, die in einem Zustand permanenter Feindschaft mit allem und jedem zu leben scheinen. Morgens, mittags und nachts war er am Klagen, und wenn er nicht klagte, stritt er sich entweder mit seiner Tochter oder mit den Personen in seinem Haushalt oder mit seinen Nachbarn.

Lady Molly, die seit vielen Jahren mit ihm bekannt ist, hat mir oft von ihm und seiner exzentrischen, unangenehmen Art erzählt. Wie alle in der Grafschaft, die den alten Mann sonst gemieden hätten, hielt sie den Anschein von Freundschaft mit ihm um der Tochter willen aufrecht.

Margaret Ceely war ein außergewöhnlich hübsches Mädchen, und der Major galt als sehr wohlhabend. Diese beiden Tatsachen trugen vielleicht dazu bei, dass der jähzornige Herr nicht ganz so isoliert leben konnte, wie er es sich gewünscht hätte.

Die Mütter heiratsfähiger junger Männer wetteiferten miteinander bei der Werbung um Miss Ceely auf Gartenfesten, Tanzveranstaltungen und Wohltätigkeitsbasaren. Tatsächlich war Margaret von Verehrern umschwirrt, seit sie das Schulzimmer verlassen hatte. Freilich empfing der zänkische Major diese Anwärter auf die Hand seiner Tochter nicht nur mit überheblicher Geringschätzung, sondern zuweilen sogar mit heftigstem Widerstand.

Nichtsdestoweniger schwirrten die Nachtfalter um die Kerze, und aus dieser verwegenen Horde stach keiner deutlicher hervor als Mr Laurence Smethick, der Sohn des Abgeordneten für den Wahlkreis Pakethorpe. Manche Personen schworen, die beiden jungen Leute seien heimlich verlobt, obwohl Margaret ununterbrochen und unverschämt flirtete und ganz offen weit mehr als nur einem Verehrer Hoffnungen machte.

Wie dem auch sei, eins war gewiss: Major Ceely mochte Mr Smethick ebenso wenig wie all ihre anderen Verehrer, und es hatte mehr als eine Meinungsverschiedenheit zwischen dem jungen Mann und seinem zukünftigen Schwiegervater gegeben.

An jenem denkwürdigen Weihnachtsabend in Clevere war uns allen seine Abwesenheit nicht entgangen; Margaret hingegen hatte eine ausgeprägte Vorliebe für die Gesellschaft von Captain Glynne gezeigt, der nach dem plötzlichen Tod seines Cousins, Viscount Heslington, Lord Ullesthorpes einzigem Sohn (der, wie Sie sich viel leicht erinnern, im vergangenen Oktober während der Jagd umgekommen ist), sowohl die Grafschaft als auch 40 000 Pfund im Jahr geerbt hatte.

Mir persönlich missfiel Margarets Auftreten am Abend des Tanzes sehr; ihr Verhalten war gegenüber Mr Smethick – er verbrachte so viel Zeit mit ihr, dass das

Gerücht, sie seien verlobt, plausibel schien – mehr als kaltherzig.

An jenem Morgen des 24. Dezember – Heiligabend also – hatte der junge Mann in Clevere vorbeigeschaut. Ich erinnere mich daran, ihn gesehen zu haben, als er gerade ins Boudoir im Erdgeschoss geführt wurde. Wenige Augenblicke später schollen mit erschreckender Deutlichkeit wütende Stimmen aus demselben Zimmer. Wir versuchten alle, wegzuhören, konnten allerdings nicht umhin, Major Ceelys herrische Worte der Unhöflichkeit gegenüber dem Besucher zu vernehmen, der, wie es schien, lediglich Miss Ceely sehen wollte und völlig unerwartet mit dem jähzornigen und äußerst unangenehmen Major konfrontiert worden war. Natürlich verlor auch der junge Mann schnell die Contenance, und der ganze Vorfall endete in einem sehr unschönen Streit zwischen den beiden Männern in der Eingangshalle, woraufhin der Major Mr Smethick kategorisch verbot, jemals wieder seine Türschwelle zu überschreiten.

In dieser Nacht wurde Major Ceely ermordet.

2

Natürlich schenkte zunächst niemand diesem sonderbaren Zufall Beachtung. Einen Mord mit der Persönlichkeit eines aufgeweckten, gut aussehenden jungen Mannes aus Yorkshire wie Mr Smethick in Verbindung zu bringen, erschien wahrlich absurd, und wir alle, die wir praktisch Zeugen der Streiterei zwischen den beiden Männern gewesen waren, kamen stillschweigend überein, sie bei der Anhörung gar nicht zu erwähnen, es sei denn, wir würden durch einen Eid dazu gezwungen.

In Anbetracht des grässlichen Naturells des Majors besaß dieser Streit, wohlgemerkt, nicht die Bedeutung, die er sonst gehabt hätte; und wir waren alle sehr stolz darauf, dass wir die Fragen des Gerichtsmediziners so gut pariert hatten.

Die Ermittlungen ergaben, dass eine oder mehrere unbekannte Personen schuldig sein müssten, und ich war sehr erleichtert, dass der Name des jungen Smethick nicht mit diesem schrecklichen Verbrechen in Verbindung gebracht wurde.

Zwei Tage später erhielt Lady Molly eine dringende telefonische Nachricht des Inspektors in Bishopthorpe, der sie bat, sofort zur Polizeistation zu kommen. Während des gesamten Aufenthalts im Black Swan stand uns ein Auto zur Verfügung, und in weniger als zehn Minuten sausten wir im Eiltempo nach Bishopthorpe.

Bei unserer Ankunft wurden wir sogleich ins Privatzimmer von Inspektor Etty hinter dem Büro geführt. Dort unterhielt er sich gerade mit Danvers, der vor Kurzem aus London eingetroffen war. In einer Ecke des Raumes saß, aufrecht auf einem Stuhl mit hoher Rückenlehne, eine junge Frau, die uns, als wir eintraten, einen flüchtigen und, wie ich fand, verdächtigen Blick zuwarf.

Sie trug einen Mantel und einen schäbigen schwarzen Rock, und obwohl man ihr Gesicht als gut aussehend hätte bezeichnen können – sie hatte schöne, dunkle Augen –, war ihre gesamte Erscheinung außerordentlich abstoßend. Sie erweckte einen ungewöhnlichen

Eindruck von Schlampigkeit; ihre Schuhe und Strümpfe hatten Löcher, die Naht eines ihrer Ärmel war zur Hälfte aufgegangen, und die Borte ihres Rocks hing schlingengleich über dem Boden. Sie hatte sehr rote und grobschlächtige Hände, und zweifellos lag ein verstohlener Ausdruck in ihren Augen, der, als sie zu sprechen begann, in Trotz umschlug.

Etty kam mit großer Eile auf uns zu, als meine Lady den Raum betrat. Er sah beunruhigt aus und wirkte sehr erleichtert, sie zu sehen.

»Das ist die Ehefrau eines der Gartenarbeiter von Clevere«, erklärte er Lady Molly schnell und nickte in Richtung der jungen Frau, »und sie ist mit einer so seltsamen Geschichte hergekommen, dass ich der Meinung war, Sie würden sie hören wollen.«

»Weiß sie etwas über den Mord?«, fragte Lady Molly.

»Nö! Das hab ich nicht gesagt«, mischte sich die Frau grob ein, »erzählen Sie mal keine Lügen, Herr Inspektor. Ich hab nur gedacht, Sie wollen vielleicht wissen, was mein Mann in der Nacht gesehen hat, als der Major ermordet wurde, mehr nicht; und ich bin hergekommen, um es Ihnen zu sagen.«

»Warum ist Ihr Mann nicht persönlich hergekommen?«, fragte Lady Molly.

»Oh, Haggett ist nicht so ganz gesund …«, begann sie mit einem nachlässigen Achselzucken zu erklären, »sozusagen …«

»Die Sache ist die, Mylady«, warf Etty ein, »der Mann ist leicht schwachsinnig. Ich glaube, er wird nur weiter im Garten angestellt, weil er sehr kräftig und beim Graben behilflich ist. Weil auf seine Aussage so wenig

Verlass ist, wollte ich mich mit Ihnen beraten, wie wir uns in dieser Sache verhalten sollen.«

»Wie lautet seine Aussage denn?«

»Erzählen Sie der Dame, was Sie uns gerade erzählt haben, Mrs Haggett«, sagte Etty knapp.

Wieder schoss dieser eilige, verdächtige Blick in die Augen der Frau. Lady Molly nahm den Stuhl, den Danvers ihr gebracht hatte, setzte sich Mrs Haggett gegenüber und richtete ihren ernsten, ruhigen Blick auf die Frau.

»Da gibt's nicht viel zu erzählen«, sagte die Frau verdrießlich. »Haggett ist wirklich manchmal komisch im Kopf – und wenn er komisch ist, wandert er nachts so übers Grundstück.«

»Ja?«, sagte Lady Molly, denn Mrs Haggett hatte eine Weile lang innegehalten und schien nun nicht mehr fortfahren zu wollen.

»Na ja«, sagte sie mit plötzlicher Entschlossenheit, »er hatte an Heiligabend einen seiner komischen Anfälle und ist erst weit nach Mitternacht wieder heimgekommen. Er hat mir erzählt, er hat da einen jungen Mann gesehen, der sich im Garten auf der Terrassenseite rumgetrieben hat. Kurz danach hat er dann gehört, wie sie ›Mord‹ und ›Hilfe‹ gerufen haben, und da ist er nach Hause gerannt, weil er Angst hatte.«

»Nach Hause?«, fragte Lady Molly leise, »wo ist zu Hause?«

»Das Häuschen, wo wir wohnen. Gleich hinterm Gemüsegarten.«

»Warum haben Sie das alles dem Inspektor nicht schon früher erzählt?«

»Weil Haggett es mir erst gestern Abend erzählt hat, wo er nicht mehr so komisch war. Er ist mucksmäuschenstill, wenn er so einen Anfall hat.«

»Kannte er den Mann, den er gesehen hat?«

»Nein, Ma'am – das glaube ich nicht – wenigstens hat er das nicht gesagt – aber …«

»Ja? Aber?«

»Das hier hat er gestern im Garten gefunden«, sagte die Frau und hielt ihr ein Papierbriefchen hin, das sie bisher offenbar fest umklammert hatte, »und vielleicht hat ihm das den Weihnachtsabend und den Mord wieder ins Gedächtnis gerufen.«

Lady Molly entfaltete mit ihren zierlichen Fingern das verschmutzte Stück Papier. Im nächsten Moment hielt sie Etty einen wunderschönen Ring unter die Nase, er war gefertigt aus einem exquisit geschliffenen Mondstein, der mit Diamanten von ungewöhnlichem Glanz umgeben war.

Jetzt waren die Fassung und die Steine allerdings mit klebrigen Schlammresten verschmutzt; der Ring hatte offensichtlich auf dem Boden gelegen und war vielleicht einige Tage lang zertrampelt und dann nur teilweise gereinigt worden.

»Auf jeden Fall können Sie versuchen herauszufinden, wem der Ring gehört«, meinte die Lady nach einer Weile als Antwort auf Ettys stille Frage. »Das kann ja nicht schaden.«

Dann wandte sie sich noch einmal zu der Frau.

»Wenn Sie nichts dagegen haben, begleite ich Sie zu Ihrem Häuschen«, sagte sie entschlossen, »und spreche mit Ihrem Mann. Ist er zu Hause?«

Ich hatte den Eindruck, dass Mrs Haggett diesen Vorschlag nur sehr zögerlich aufnahm. Aufgrund ihres Erscheinungsbilds konnte ich mir gut vorstellen, dass ihr Haus kaum im richtigen Zustand war für den Besuch einer Dame. Doch sie konnte kaum widersprechen, und nach einigen gemurmelten Worten zähneknirschender Zustimmung erhob sie sich von ihrem Stuhl und schritt zur Tür, wobei sie es Lady Molly überließ, ihr nach Belieben zu folgen.

Bevor sie ging, drehte sie sich jedoch um und warf Etty einen zornigen Blick zu.

»Den Ring geben Sie mir aber wieder, Herr Inspektor«, sagte sie in ihrem üblichen, mürrischen Tonfall. »Was man findet, darf man behalten, wissen Sie doch.«

»Ich fürchte nicht«, antwortete Etty knapp, »aber Miss Ceely hat eine Belohnung gegen Informationen ausgesetzt, die zur Ergreifung des Mörders ihres Vaters führen. Die können Sie vielleicht bekommen, wissen Sie. Es sind hundert Pfund.«

»Ja, das wusste ich«, bemerkte sie trocken, als sie schließlich ohne ein weiteres Wort das Zimmer verließ.

3

Meine Lady kam sehr enttäuscht von ihrem Gespräch mit Haggett zurück.

Es scheint, dass er in der Tat schwachsinnig war, vielleicht sogar vollständig, und nur wenige lichte Momente hatte, von denen der heutige Tag einer war. Und doch war sein Zeugnis praktisch wertlos.

Er wiederholte die Geschichte, die bereits von seiner

Frau erzählt worden war, fügte aber keine Einzelheiten hinzu. Er habe in der Mordnacht einen jungen Mann auf dem terrassierten Weg herumlaufen sehen. Er wusste nicht, wer dieser junge Mann war. Er war auf dem Heimweg, als jemand das Wort »Mord« schrie, und er lief vor Angst nach Hause. Den Ring fand er gestern in der Staudenrabatte unterhalb der Terrassc und gab ihn seiner Frau.

Zwei dieser Aussagen des Schwachsinnigen ließen sich leicht nachprüfen, und genau dies hatte meine Lady auch getan, bevor sie zu mir zurückkehrte. Einer der Hilfsgärtner von Clevere sagte, er habe Haggett in den frühen Morgenstunden jenes verhängnisvollen Weihnachtstages nach Hause laufen sehen. Er hatte in jener Nacht selbst nach den Viehschändern Ausschau gehalten und erinnerte sich deutlich an dieses kleine Ereignis. Er fügte hinzu, dass Haggett gewiss panisch geschienen habe.

Newby, ein weiterer Gutsarbeiter in Clevere Hall, hatte gesehen, wie Haggett den Ring aus der Staudenrabatte aufhob, und er habe Haggett geraten, ihn zur Polizei zu bringen.

Irgendwie fühlten wir uns alle, die wir so großen Anteil nahmen an dieser entsetzlichen Weihnachtstragödie, von alledem auf eine seltsame Weise beunruhigt. Noch waren keine Namen genannt worden, aber wann immer Lady Molly und ich uns ansahen oder wann immer wir mit Etty oder Danvers sprachen, hatten wir alle das Gefühl, wir hätten einen bestimmten Namen, eine bestimmte Persönlichkeit im Hinterkopf.

Die beiden Männer wurden natürlich nicht von sentimentalen Skrupeln geplagt. Sie nahmen die Haggett-

Geschichte lediglich als Indiz und gingen fleißig ihrer Ermittlungsarbeit nach, mit dem Ergebnis, dass Etty vierundzwanzig Stunden später in unserem Zimmer im Black Swan erschien und uns in aller Ruhe darüber informierte, dass er gerade einen Haftbefehl gegen Mr Laurence Smethick wegen Mordes erwirkt habe und jetzt auf dem Weg sei, die Verhaftung vorzunehmen.

»Mr Smethick hat Major Ceely *nicht* ermordet«, war Lady Mollys fester und einziger Kommentar.

»Nun, Mylady, das mag ja durchaus sein«, erwiderte Etty mit jener Ehrerbietung, mit der die gesamte Truppe meine Lady stets ansprach, »aber wir haben auf jeden Fall genügend Beweise gesammelt, um die Verhaftung zu rechtfertigen, und meiner Meinung nach genug, um einen Mann dafür zu hängen. Mr Smethick hat den Diamantring mit dem Mondstein vor etwa einer Woche beim Juwelier Nicholson's in der Coney Street gekauft. Er wurde an Heiligabend von mehreren Personen beobachtet, wie er sich vor den Toren von Clevere Hall herumtrieb, etwa zu jener Zeit, als die Gäste nach dem Tanz das Haus verließen, und einige Augenblicke, nachdem erstmals ›Mord‹ geschrien wurde. Sein eigener Kammerdiener hat gestanden, dass sein Herr in jener Nacht erst lange nach zwei Uhr in der Früh nach Hause kam, während selbst Miss Granard hier nicht leugnen wird, dass es weniger als vierundzwanzig Stunden vor der Ermordung von Major Ceely einen schrecklichen Streit zwischen ihm und Mr Smethick gegeben hat.«

Lady Molly sagte nichts zu diesem Reigen an Tatsachen, die Etty erbarmungslos aufzählte, doch ich konnte mir einen Ausruf nicht verkneifen:

»Mr Smethick ist unschuldig, da bin ich mir sicher.«

»Das hoffe ich für ihn«, erwiderte Etty ernst, »aber irgendwie ist es schade, dass er scheinbar nicht in der Lage ist, nachzuweisen, was er zwischen Mitternacht und zwei Uhr am Weihnachtsmorgen getan hat.«

»Ach!«, stieß ich aus, »was sagt er dazu?«

»Nichts«, sagte der Mann nüchtern, »das ist ja das Problem.«

Wie Sie, wenn Sie Zeitung lesen, zweifellos wissen, wurde Laurence Smethick, der Sohn von Colonel Smethick, Abgeordneter aus Pakethorpe Hall, unter dem Vorwurf verhaftet, in der Nacht vom 24. auf den 25. Dezember Major Ceely getötet zu haben, und nach der üblichen richterlichen Untersuchung ordnungsgemäß zur Verhandlung dem Yorker Assisengericht überstellt.

Ich erinnere mich gut, dass sich der junge Smethick während der gesamten Voruntersuchung wie jemand verhielt, der jegliche Hoffnung fahrengelassen hatte, die schrecklichen Anschuldigungen, die gegen ihn erhoben wurden, widerlegen zu können, und ich muss gestehen, dass die gewaltige Anzahl von Zeugen, die die Polizei gegen ihn aufbot, seine Haltung mehr als rechtfertigte.

Natürlich wurde Haggett nicht befragt, doch es gab genügend Personen, die unter Eid aussagten, Mr Laurence Smethick habe sich nach dem Aufbruch der Gäste an Heiligabend vor den Toren von Clevere Hall aufgehalten. Der Chefgärtner, der in der Lodge wohnt, hatte sogar mit ihm gesprochen, und Captain Glynne hörte man, während er sich aus seiner Kutsche lehnte, rufen:

»Na, Smethick, was machen Sie denn hier um diese Zeit?«

Und es gab weitere Zeugen.

Ich rechne es Captain Glynne hoch an, dass er, das möchte ich hier anmerken, beständig zu leugnen versuchte, seinen unglücklichen Freund in der Dunkelheit erkannt zu haben. Vom Richter bedrängt, sagte er starrköpfig:

»Damals dachte ich, dass es Mr Smethick war, der vor dem Tor der Lodge stand, doch im Nachhinein bin ich sicher, dass ich mich geirrt haben muss.«

Was allerdings gegen den jungen Smethick sprach, war erstens die Sache mit dem Ring und zweitens, dass er in der unmittelbaren Umgebung von Clevere gesehen wurde, sowohl um Mitternacht als auch gegen zwei Uhr morgens, als einige Männer, die den Viehschändern auf der Lauer gelegen hatten, ihn schnell in Richtung Pakethorpe davonlaufen sahen.

Es war natürlich unerklärlich und schrecklich mit anzusehen, dass Mr Smethick halsstarrig schwieg, was seinen Verbleib während dieser fatalen Stunden in jener Nacht betraf. Er widersprach weder denjenigen, die ihn gegen Mitternacht in der Nähe der Tore von Clevere gesehen haben wollten, noch seinem Kammerdiener bezüglich der Uhrzeit seiner Rückkehr. Er sagte einzig, dass er nicht erklären könne, was er in der Zeit zwischen dem Aufbruch der Gäste aus Clevere Hall und seiner eigenen Rückkehr nach Pakethorpe getan habe. Er war sich der Gefahr bewusst, in der er schwebte, und es war rätselhaft, was ihn dazu veranlasste, über eine Angelegenheit zu schweigen, die für ihn Leben oder Tod bedeuten könnte.

Dass der Ring ihm gehörte, konnte und wollte er nicht

bestreiten. Er habe ihn auf dem Gelände von Clevere verloren, sagte er. Doch der Juwelier in der Coney Street schwor, dass er den Ring am 8. Dezember an Mr Smethick verkauft hatte, und es war eine bekannte und bestätigte Tatsache, dass der junge Mann offiziell seit über zwei Wochen nicht mehr in Clevere Hall gewesen war.

Aufgrund dieser Beweise wurde Laurence Smethick vor Gericht gestellt. Obwohl die Tatwaffe, mit der der unglückliche Major erstochen worden war, und ihr Besitzer nicht ausfindig gemacht werden konnten, gab es eine derartige Fülle von Indizienbeweisen gegen den jungen Mann, dass eine Kaution abgelehnt wurde.

Auf Anraten seines Anwalts Mr Grayson, einem der fähigsten Juristen Yorks, lehnte er es ab, sich schuldig oder nicht schuldig zu bekennen, und als wir an diesem trüben Nachmittag zum Jahresende aus dem überfüllten Gerichtssaal strömten, waren wir alle fürchterlich niedergeschlagen und voller Angst.

4

Meine Lady und ich kehrten schweigend in unser Hotel zurück. Unsere Herzen schienen bleischwer. Für den gut aussehenden jungen Mann aus Yorkshire, der unserer Überzeugung nach unschuldig war, aber in ein Netz tödlicher Umstände verwickelt zu sein schien, aus dem er sich nicht mehr befreien konnte, empfanden wir tiefstes Mitleid.

Uns war nicht danach, die Angelegenheit auf offener Straße zu diskutieren; auch verloren wir kein Wort darüber, als Margaret Ceely auf der Coney Street mit ihrem schicken Dos-à-dos an uns vorüberfuhr, und an ihrer Seite niemand Geringeres als Captain Glynne, der ihr mit großer Ernsthaftigkeit etwas ins Ohr raunte.

Sie befand sich in tiefer Trauer und hatte offensichtlich Einkäufe gemacht, denn sie war von Paketen umgeben; vielleicht war es also übertrieben, ihr irgendwelche Vorwürfe zu machen. Mir erschien es aber in jenem Moment, da das Leben und die Ehre eines Mannes, mit dem sie in Verbindung gebracht worden war, auf dem Spiel standen, mehr als hartherzig und geringschätzig von ihr, mit einem anderen Mann durch die Gegend zu kutschieren, der seit seinem plötzlichen Vermögenszuwachs gewiss ein Rivale um ihre Gunst geworden war.

Als wir im Black Swan ankamen, erfuhren wir zu unserer Überraschung, dass Mr Grayson vorbeigeschaut hatte und nun oben auf uns wartete.

Lady Molly eilte in unser Wohnzimmer und begrüßte ihn mit ausgesprochener Herzlichkeit. Mr Grayson ist ein älterer, spröde aussehender Mann, doch er wirkte sichtlich betroffen und brauchte sichtlich Zeit, bis er die Sache ansprechen konnte, die ihn hierhergeführt hatte. Er rutschte auf dem Stuhl hin und her und begann, über das Wetter zu reden.

»Ich bin nicht aus rein beruflichen Gründen hier, wissen Sie«, sagte Lady Molly mit einem freundlichen Lächeln, um ihm aus seiner Verlegenheit zu helfen. »Unsere Polizei, so fürchte ich, hat eine übertriebene Vorstellung von meinen Fähigkeiten, und die Männer hier haben mich hinter vorgehaltener Hand gebeten, vor Ort zu bleiben, um sie zu beraten, falls dies nötig wäre.

Unser Polizeichef ist sehr nachsichtig mit mir und hat mir erlaubt, hierzubleiben. Wenn es also etwas gibt, was ich tun kann …«

»In der Tat, in der Tat!«, stieß Mr Grayson plötzlich animiert aus. »Nach allem, was ich gehört habe, kann außer Ihnen niemand im ganzen Vereinigten Königreich diesen unschuldigen Mann vor dem Strang retten.«

Meine Lady stieß einen leisen Seufzer der Zufriedenheit aus. Sie hatte sich die ganze Zeit über gewünscht, etwas mehr in diesem Yorkshire-Pudding mitzumischen.

»Mr Smethick?«, fragte sie.

»Ja, mein unglücklicher junger Mandant«, antwortete der Anwalt, sammelte sich kurz und fuhr dann fort: »Ich kann Ihnen in aller Kürze erzählen, was sich am 24. Dezember letzten Jahres und am darauffolgenden Weihnachtsmorgen zugetragen hat. Dann werden Sie verstehen, in welch schrecklicher Lage sich mein Mandant befindet und wie unmöglich es für ihn ist, seine Handlungen in dieser ereignisreichen Nacht zu erklären. Auch wird Ihnen dann verständlich werden, warum ich Sie um Hilfe und Rat gebeten habe. Mr Smethick war der Auffassung, dass er und Miss Ceely verlobt seien. Die Verlobung war wegen des zu erwartenden Widerstands von Major Ceely nicht öffentlich gemacht worden, doch die beiden jungen Leute waren sehr vertraut miteinander und hatten sich zahlreiche Briefe geschrieben. Am Morgen des 24. war Mr Smethick nach Clevere Hall gekommen und wollte seiner Verlobten bloß den Ring überreichen, von dem Sie bereits wissen. Sie erinnern sich an den bedauerlichen Zwischenfall: Ich rede von dem grundlosen Streit, den Major Ceely mit meinem armen Mandanten suchte und der damit endete, dass der jähzornige alte Mann Mr Smethick den Zutritt zum Haus untersagte. Wie Sie sich vorstellen können, hat mein Mandant Clevere Hall in großer Verärgerung verlassen; als er gerade gehen wollte, begegnete er auf der Türschwelle Miss Margaret und erzählte ihr knapp, was geschehen war. Sie nahm die Angelegenheit zunächst sehr locker, wurde schließlich jedoch ernster und beendete das kurze Gespräch mit der Bitte, er möge sie kurz nach Mitternacht im Garten treffen, da er nach dem Vorfall freilich nicht beim Tanz erscheinen könne. Sie wollte den Ring nicht entgegennehmen, sprach aber viel über den Weihnachtsmorgen und bat ihn, ihr den Ring am Abend zu überreichen, zusammen mit den Briefen, die sie ihm geschrieben hatte. Nun – den Rest können Sie sich denken.«

Lady Molly nickte nachdenklich.

»Miss Ceely hat ein doppeltes Spiel gespielt«, fuhr Mr Grayson ernst fort. »Sie war fest entschlossen, jegliche Beziehung zu Mr Smethick zu beenden, da ihre unbeständige Zuneigung nun Captain Glynne galt, der kürzlich eine Grafschaft und 40 000 Pfund pro Jahr geerbt hatte. Mit ihrem sentimentalen Gefabel brachte sie meinen unglücklichen Mandanten dazu, sich nachts auf dem Gelände von Clevere mit ihr zu treffen und ihr die Briefe auszuhändigen, die sie in den Augen ihres neuen Liebhabers womöglich kompromittiert hätten. Um zwei Uhr nachts wurde Major Ceely von einem seiner zahlreichen Feinde ermordet; wer das war, weiß ich nicht, und Mr Smethick weiß es ebenfalls nicht. Er hatte sich gerade von Miss Ceely verabschiedet, als das erste Mal

›Mord‹ gerufen und Clevere Hall aus seinem Schlummer gerissen wurde. Sie könnte dies bestätigen, wenn sie nur wollte, denn sie befand sich noch in Sichtweite meines Mandanten, sie stand hinter dem Tor auf dem Grundstück, er ein Stück die Straße runter. Mr Smethick sah, wie Margaret Ceely schnell zum Haus zurücklief. Er blieb noch eine Weile dort, er wartete und zögerte, was er tun könnte; dann dachte er jedoch darüber nach, dass seine Anwesenheit für sie, die er trotz allem noch immer innigst liebte, peinlich oder gar rufschädigend sein könnte; und da er wusste, dass sich im und um das Haus herum viele Männer befanden, die die nötige Hilfe leisten könnten, wandte er sich schließlich ab und ging mit gebrochenem Herzen nach Hause, denn sie hatte ihm den Laufpass gegeben, ihre Briefe zurückgenommen und den Ring, den er für sie gekauft hatte, verächtlich in den Dreck geworfen.«

Der Anwalt hielt inne, wischte sich über die Stirn und blickte mit vollem Ernst in das schöne, nachdenkliche Gesicht von Lady Molly.

»Hat Mr Smethick seitdem mit Miss Ceely gesprochen?«, fragte sie nach einer Weile.

»Nein, aber ich habe mit ihr gesprochen«, antwortete der Anwalt.

»Wie hat sie sich verhalten?«

»Sie war bitter und voll gefühlloser Verachtung. Sie leugnet die Geschichte meines unglücklichen Mandanten von Anfang bis Ende. Sie sagt, sie habe ihn nicht mehr gesehen, nachdem sie ihm auf der Türschwelle von Clevere Hall Guten Morgen gesagt hatte, als sie von seinem unglücklichen Streit mit ihrem Vater erfuhr.

Nein, mehr noch, sie nennt die ganze Geschichte höhnisch einen feigen Versuch, ein abscheuliches Verbrechen hinter einer noch abscheulicheren Verleumdung einer wehrlosen jungen Frau zu verschleiern.«

Nun schwiegen wir und waren alle in Gedanken versunken, die keiner von uns in Worte zu fassen vermochte. Dass die Situation tatsächlich aussichtslos schien, konnte niemand leugnen.

Die unbarmherzige und unnachgiebige Hand des Schicksals hatte wahrhaftig einen Turm aus vernichtenden Beweisen gegen den unglücklichen jungen Mann errichtet.

Margaret Ceely allein hätte ihn retten können, doch mit brutaler Gleichgültigkeit opferte sie lieber das Leben und die Ehre eines unschuldigen Mannes, als ihre eigenen Chancen auf eine glänzende Ehe zu gefährden. Solche Frauen gibt es durchaus auf der Welt; Gott sei Dank bin ich abgesehen von ihr nie einer begegnet!

Doch es war ein Irrtum, anzunehmen, dass nur sie den unglücklichen jungen Mann retten konnte, der sich die ganze Zeit über so galant verhalten hatte und sich weigerte, die Ereignisse an jenem Weihnachtsmorgen zu erklären, sofern die junge Frau die Geschichte nicht zuerst erzählte. In dem düsteren Zimmerchen des Black Swan befand sich eine Person, die dieses seltsame Geflecht aus Zufällen entwirren konnte, falls überhaupt irgendjemand, der nicht gerade mit übernatürlichen Kräften ausgestattet war, im letzten Augenblick dazu fähig wäre.

Sanft sagte sie nun: »Was soll ich Ihrer Meinung nach in dieser Angelegenheit tun, Mr Grayson? Und warum sind Sie zu mir und nicht zur Polizei gegangen?«

»Wie kann ich mit dieser Geschichte zur Polizei gehen?«, stieß er in offensichtlicher Verzweiflung aus. »Würde sie es nicht ebenso als hinterhältigen Rufmord an einer Frau betrachten? Wir haben keine Beweise, wie Sie wissen, und Miss Ceely streitet die ganze Geschichte von vorne bis hinten ab. Nein, nein!«, rief er mit erstaunlicher Inbrunst aus. »Ich wende mich an Sie, weil ich von Ihren wunderbaren Fähigkeiten, Ihrer außergewöhnlichen Intuition gehört habe. Jemand hat Major Ceely ermordet. Der Sohn meines alten Freundes Colonel Smethick war es nicht. Finden Sie heraus, wer es war! Ich flehe Sie an, finden Sie heraus, wer es war!«

Kummervoll sackte er auf seinen Stuhl zurück. Mit unbeschreiblicher Zartheit ging Lady Molly auf ihn zu und legte ihm ihre schöne weiße Hand auf die Schulter.

Sie sagte schlicht: »Ich werde mein Bestes tun, Mr Grayson.«

5

Wir blieben den gesamten Abend über allein und sonderbar schweigsam. Dass der lebhafte Geist meiner guten Lady schwer am Arbeiten war, konnte ich am Glanz ihrer Augen und an ihrer vollkommenen Reglosigkeit erahnen, durch die fast das Vibrieren ihrer zarten Nerven spürbar wurde.

Die Geschichte des Anwalts hatte sie zutiefst bewegt. Zwar war sie moralisch gesehen immer von der Unschuld des jungen Smethick überzeugt gewesen, doch in ihrem Innersten schlug die professionelle Frau immer eine harte Schlacht gegen den Gefühlsmenschen, und in diesem Fall hatten die überwältigenden Indizien sowie die Überzeugung ihrer Vorgesetzten sie gezwungen, die Schuld des jungen Mannes als etwas hinzunehmen, das sie nicht verstand.

Durch sein Schweigen hatte der junge Mann wortlos ein Geständnis abgelegt, und wenn ein Mann am Ort eines Verbrechens beobachtet wird, und zwar sowohl vor der Tat als auch unmittelbar danach, wenn etwas, das zugegebenermaßen sein Eigentum ist, keine drei Meter von der Stelle gefunden wird, an der der Mörder gestanden haben muss, wenn er obendrein noch einen heftigen Streit mit dem Opfer hatte und weder über seine Handlungen noch über seinen Aufenthaltsort während der verhängnisvollen Tatzeit Rechenschaft ablegen kann, dann wäre es vergeblich, voller Optimismus an die Unschuld dieses Mannes zu glauben.

Doch nun sah die Sache ganz anders aus. Die Geschichte, die Mr Smethicks Anwalt erzählte, besaß allen Anschein der Wahrheit. Margaret Ceelys Charakter, ihre Gefühllosigkeit an dem Tag, als ihr kürzlicher Verlobter auf der Anklagebank saß, wie plötzlich ihre Zuneigung nun dem reicheren Mann galt – all dies ließ die Schilderung der Ereignisse in der Weihnachtsnacht, wie sie Mr Grayson erzählte, äußerst plausibel erscheinen.

Kein Wunder, dass Lady Molly in Gedanken versunken war.

»Ich werde die Fäden von Anfang an aufdröseln müssen, Mary«, sagte sie am nächsten Morgen zu mir, als sie nach dem Frühstück in ihrem schicken Mantel und Rock, mit Hut und Handschuhen, zum Ausgehen bereit, vor mir erschien, »also fange ich mit einem Besuch bei den Haggetts an.«

»Ich darf doch wohl mitkommen, oder?«, schlug ich sanftmütig vor.

»Aber natürlich!«, erwiderte sie leichthin.

Ich hatte eine leise Ahnung, dass ihre Sorglosigkeit nur Fassade war. Es war unwahrscheinlich, dass sie – diese bezaubernde, weibliche, ausgesprochen feminine, gutmütige Lady – bei diesem fesselnden Thema gefühllos bliebe.

Wir fuhren mit dem Wagen nach Bishopthorpe hinunter. Es war bitterkalt, rau, feucht und neblig. Der Chauffeur hatte einige Schwierigkeiten, das Häuschen zu finden, das »Zuhause« des schwachsinnigen Gärtners und seiner Frau.

Es hatte kaum den Anschein eines Zuhauses. Als Mrs Haggett nach langem Klopfen endlich die Tür öffnete, sahen wir einen der elendesten, schlampigsten Orte, die ich je gesehen habe.

Auf Lady Mollys etwas schroffe Frage antwortete die Frau, dass Haggett im Bett liege und an einem seiner »Anfälle« leide.

»Das ist sehr bedauerlich«, sagte Lady Molly auf wenig mitfühlende Weise, wie ich fand, »denn ich muss ihn sofort sprechen.«

»Worum geht's?«, fragte die Frau mürrisch. »Ich kann ihm was ausrichten.«

»Das ist leider nicht möglich«, erwiderte Lady Molly. »Ich wurde gebeten, mit Haggett persönlich zu sprechen.«

»Von wem, will ich mal wissen«, erwiderte sie nun fast frech.

»Da bin ich ganz sicher. Aber Sie verschwenden kostbare Zeit. Wollen Sie Ihrem Mann nicht lieber beim Anziehen behilflich sein? Die Dame und ich werden im Salon warten.«

Nach einigem Zögern willigte die Frau schließlich ein und sah dabei sehr grämlich aus.

Wir gingen in das elende kleine Zimmer, in dem nicht nur bittere Armut, sondern auch Unordnung und Schmutz in allen Ecken sichtbar waren. Wir setzten uns auf zwei der am saubersten aussehenden Stühle und warteten, während in dem Raum über uns ein Gespräch mit gedämpften Stimmen geführt wurde.

Das Gespräch schien aus aufgeregtem Gewisper auf der einen und Klagen auf der anderen Seite zu bestehen. Daraufhin folgten einiges Gerumpel und viel Geschlurfe, und kurz danach betrat Haggett, der ungepflegt, schmutzig und zerzaust ausschaute, die Stube, gefolgt von seiner Frau.

Er trat auf uns zu, schleppte seine schlecht beschuhten Füße über den Boden und zupfte sich nervös an seiner Stirnlocke.

»Ah!«, sagte Lady Molly freundlich. »Ich freue mich, Sie hier unten zu sehen, Haggett, obwohl ich leider keine sehr guten Nachrichten für Sie habe.«

»Ja, Miss«, murmelte der Mann, der offensichtlich nicht ganz verstand, was zu ihm gesagt wurde.

»Ich vertrete die Behörden der Armenhäuser«, fuhr Lady Molly fort, »und ich dachte, wir könnten arrangieren, dass Sie und Ihre Frau vielleicht heute Abend ins Armenhaus kommen.«

»Ins Armenhaus?«, warf die Frau grob ein. »Was soll das heißen? Wir gehn in kein Armenhaus!«

»Nun ja, aber da Sie hier nicht bleiben können«, erwiderte die Dame freundlich, »werden Sie für Ihren Mann in seinem derzeitigen geistigen Zustand unmöglich eine andere Anstellung finden.«

»Miss Ceely gibt uns nicht den Laufpass«, erwiderte sie trotzig.

»Vielleicht möchte sie ja die Absichten ihres verstorbenen Vaters in die Tat umsetzen«, sagte Lady Molly mit vermeintlicher Sorglosigkeit.

»Der Major war ein grausamer Zankapfel«, rief die Frau mit unvorhergesehener Heftigkeit aus. »Haggett hat sich zwölf Jahre lang für ihn verbogen, und …«

Sie beherrschte sich abrupt und warf einen ihrer schnellen, verstohlenen Blicke auf Lady Molly.

Ihr Schweigen war nun ebenso bedeutsam geworden wie ihr Wutausbruch, und es war Lady Molly, die den Satz ruhig für sie beendete:

»Und doch hat er ihn ohne Vorwarnung entlassen.«

»Wer hat Ihnen das gesagt?«, erwiderte die Frau.

»Zweifellos dieselben Leute, die beteuern, dass Sie und Haggett wegen dieser Entlassung einen Groll gegen den Major hegten.«

»Das ist 'ne Lüge«, sagte Mrs Haggett hartnäckig, »wir haben nur die Aussage gemacht, dass Mr Smethick den Major ermordet hat, weil …«

»Nun«, unterbrach Lady Molly schnell, »Mr Smethick hat Major Ceely aber nicht ermordet, und Ihre Aussage war daher nutzlos!«

»Wer hat den Major denn dann umgebracht, will ich ma' wissen?«

Ihr Verhalten war arrogant, grob und äußerst unangenehm. Ich fragte mich, warum Lady Molly sich das gefallen ließ und was in ihrem lebhaften Geist vor sich ging. Sie gab sich recht höflich und lächelte, während ich mich fragte, was in aller Welt sie mit dieser Geschichte über das Armenhaus und die Entlassung von Haggett wollte.

»Ach, das wissen wir auch nicht!«, sagte sie nun leichthin; »manche Leute sagen, es war Ihr Mann.«

»Die lügen!«, erwiderte sie schnell, während ihr schwachsinniger Ehemann, der dem Gespräch offenbar nicht folgen konnte, mechanisch über seinen roten Haarschopf strich und hilflos umherblickte.

»Er war zu Hause, bevor wir gehört haben, wie ›Mord‹ geschrien wurde«, fuhr Mrs Haggett fort.

»Woher wissen Sie das?«, fragte Lady Molly schnell.

»Woher ich das weiß?«

»Ja, Sie können die Schreie unmöglich bis in dieses Häuschen gehört haben, da es über eine halbe Meile von Clevere Hall entfernt liegt.«

»Er war zu Hause, sage ich«, wiederholte sie mit unnachgiebiger Störrischkeit.

»Sie haben ihn geschickt?«

»Er hat es nicht getan …«

»Niemand wird Ihnen glauben, schon gar nicht, wenn erst einmal das Messer gefunden wird.«

»Welches Messer?«

»Sein Klappmesser, mit dem er Major Ceely getötet hat«, sagte Lady Molly leise, »sehen Sie, er hat es gerade in der Hand.«

Und mit einer plötzlichen, völlig unerwarteten Geste deutete sie auf den Geistesschwachen, der während des kurzen Gesprächs ziellos im Zimmer umhergeschlichen war.

Der Inhalt des Gesprächs muss in irgendeiner Weise ein Echo in seinem erweichten Gehirn erzeugt haben. Er ging zur Anrichte, auf der die Reste des morgendlichen Frühstücks zusammen mit Geschirr und Besteck lagen.

In der gleichen unbedachten und unverantwortlichen Art und Weise hatte er eines der Messer in die Hand genommen und streckte es nun seiner Frau entgegen, während sich ein Ausdruck von Angst auf seinem Gesicht breitmachte.

»Ich kann es nicht tun, Annie, ich kann es nicht – du musst es besser tun«, sagte er.

In dem kleinen Raum herrschte Grabesstille. Mrs Haggett stand da wie vom Donner gerührt. Unwissend und abergläubisch, wie sie war, nahm ich an, dass die Situation ihre Nerven strapaziert hatte und sie spürte, dass der Finger eines unerbittlichen Schicksals sogar in diesem Moment auf sie gerichtet war.

Hagget schlurfte vorwärts, immer näher auf seine Frau zu, hielt ihr immer noch das Messer hin und murmelte etwas Unverständliches:

»Ich kann es nicht tun. Du musst es besser tun, Annie, du musst …«

Er stand nun ganz dicht neben ihr, und mit einem Mal löste sich ihre nervliche Anspannung; sie stieß einen heiseren Schrei aus, riss dem armen Kerl das Messer aus der Hand und stürzte auf ihn zu.

Lady Molly und ich waren beide jung, rege und stark, und meine Lady hatte nichts von einer zimperlichen

Grande Dame, wenn es darum ging, blitzschnell zu handeln. Und trotzdem hatten wir große Schwierigkeiten, Annie Haggett von ihrem unglücklichen Ehemann wegzuzerren. Blind vor Wut, war sie bereit, den Mann zu töten, der sie verraten hatte. Schließlich gelang es uns, ihr das Messer zu entreißen.

Wie Sie sich denken können, erforderte es anschließend einiges an Mut, sich wieder ruhig hinzusetzen und zusammen mit dieser Frau, die bereits ein Verbrechen auf dem Gewissen hatte, und mit diesem seltsamen, schwachsinnigen Kerl, der ständig bedauernd vor sich hin murmelte, im selbem Raum zu bleiben:

»Du musst es besser tun, Annie …«

Nun, Sie haben den Bericht über den Fall gelesen, also wissen Sie, was darauf geschah. Lady Molly verließ das Zimmer erst, als sie von der Frau ein volles Geständnis erhalten hatte. Alles, was sie zu ihrem eigenen Schutz tat, war, mich anzuweisen, das Fenster zu öffnen und in ihre Polizeipfeife zu blasen. Die Polizeistation war glücklicherweise nicht weit entfernt, und das Geräusch wurde weit getragen in der frostigen Luft.

Im Nachhinein gab sie mir gegenüber zu, dass es vielleicht töricht gewesen sei, nicht Etty oder Danvers mitgebracht zu haben, doch sie war sehr darauf bedacht gewesen, die Frau nicht sofort in Alarmbereitschaft zu versetzen, was der Grund gewesen war für ihre umständlichen Reden über das Armenhaus und die wahrscheinliche Entlassung ihres Ehemannes.

Dass die Frau mit dem Verbrechen in Verbindung stand, das hatte Lady Molly mit ihrer scharfen Intuition von Anfang an gespürt; doch weil es keinen Zeugen für den Mord selbst gab und alle Indizien gegen den jungen Smethick sprachen, bestand nur eine Chance auf eine erfolgreiche Aufklärung des Mordfalls: das Geständnis der Mörderin selbst.

Wenn Sie sich das Gespräch zwischen meiner guten Lady und den Haggetts an jenem denkwürdigen Morgen noch einmal vor Augen führen, erkennen Sie, wie bemerkenswert Lady Molly das seltsame Ende eingefädelt hatte. Sie wollte nicht mit der Frau sprechen, wenn Haggett nicht anwesend war, und sie war ganz sicher, dass der schwachsinnige Ehemann, sobald das Thema Mord aufkam, etwas tun oder sagen würde, was die Wahrheit enthüllte.

Bei der Erwähnung von Major Ceelys Namen hatte er wie mechanisch zum Messer gegriffen. Der ganze Vorfall stieg ihm erneut in sein schwaches Bewusstsein. Dass der Major ihn kürzlich einfach entlassen hatte, war eine von Lady Mollys kühnen Vermutungen gewesen.

Dass Haggett von seiner Frau bloß angestachelt worden war und am Ende zu viel Angst hatte, die Tat selbst zu begehen, war für sie keine Überraschung und für mich ebenfalls nicht, ebenso wenig, wie die Tatsache, dass die Frau schließlich ihre ganz persönliche leidenschaftliche Rache an dem unglücklichen Major vollzog, angesichts ihrer eigenen groben und einfachen Persönlichkeit verwundern konnte.

Durch die schnelle Abfolge der Ereignisse und durch das Erscheinen von Danvers und Etty auf der Bildfläche eingeschüchtert, legte sie schließlich ein umfassendes Geständnis ab.

Die Brutalität des Majors hatte sie rasend gemacht, als er ihren Mann mit groben, grausamen Worten plötzlich rausgeworfen und ihm eine weitere Beschäftigung verweigert hatte. Sie besaß große Macht über ihren geistesschwachen Gatten und hatte ihm eingetrichtert, eine Rolle des Hasses und der Rache zu spielen. Anfangs schien er bereitwillig, ihr zu gehorchen. Die Abmachung war, dass er jede Nacht auf der Terrasse lauern sollte, bis ein Aufruhr über die Viehschänder den Major irgendwann allein aus dem Haus lockte.

Tatsächlich kam es am Weihnachtsmorgen so weit, allerdings war Haggett, verängstigt und zaghaft, eher bereit, davonzulaufen als die schändliche Tat zu vollbringen. Doch Annie Haggett, die vielleicht ahnte, dass er vor dem Verbrechen zurückschrecken könnte, hatte ebenfalls jede Nacht auf der Lauer gelegen. Stellen Sie sich nur vor, wie der angehende Mörder beobachtete und gleichzeitig beobachtet wurde!

Als Haggett seiner Frau begegnete, gab er seine Aufgabe an sie ab.

Ich vermute, dass entweder die Angst aufzufliegen oder die Gier nach der versprochenen Belohnung die Frau dazu veranlasst hatte, das Verbrechen einem anderen anzuhängen.

Als Haggett den Ring fand, begann sich der grausame Gedanke festzusetzen, der ohne die wundersamen Fähigkeiten meiner Lady tatsächlich einen tapferen jungen Mann an den Galgen gebracht hätte.

Ach, Sie wollen wissen, ob Margaret Ceely verheiratet ist? Nein! Captain Glynne hat den Schwanz eingezogen. Welchen Verdacht er womöglich hegte, kann ich nicht sagen; doch er hat Margaret nie einen Antrag gemacht, und jetzt ist sie in Australien – bei einer Tante, glaube ich –, und Clevere Hall hat sie verkauft.

Aus dem Englischen
von Jan Wilm

Colin Dexter

Das größte Rätsel

Ein Fall für Inspector Morse

»Heda!«, brummte Scrooge mit seiner gewöhnlichen Stimme, so gut er sie vorzutäuschen vermochte. »Was fällt Ihnen ein, zu dieser Tageszeit zu erscheinen?«
Charles Dickens, *Ein Weihnachtslied in Prosa*

Er hatte zaghaft an Morse' Tür in Nord-Oxford geklopft. Nur wenige waren je in die büchergesäumten, wagnergeschwängerten Räume geladen worden, und sogar er – Sergeant Lewis – hatte sich nie allzu willkommen gefühlt. Selbst in der Weihnachtszeit nicht. Und so klang es auch nicht gerade nach dem Fest der Freude, als Morse Lewis hereinwinkte und schlecht gelaunt die Unterhaltung mit dem Bankdirektor beendete.

»Hören Sie! Wenn ich im Moment ein paar Hundert auf meinem Konto stehen lasse, dann ist das *meine* Sache. Ich verlange noch nicht mal Zinsen dafür. *Was* ich verlange, ist nur, dass Sie mir nicht diese verdammten Bankgebühren aufdrücken, wenn ich – wie oft?, ein-, zweimal im Jahr? – überziehe. Es ist nicht so, dass ich geizig wäre« – Lewis' Augenbrauen hoben sich einen Zentimeter –, »aber wenn Sie mich noch mal damit belasten, möchte ich, dass Sie mich anrufen und mir sagen, warum!« Morse knallte den Hörer auf und saß schweigend da.

»Sie hören sich nicht so an, als ob Sie in Weihnachtsstimmung wären«, wagte Lewis zu äußern.

»Ich kann Weihnachten nicht ausstehen – konnte ich noch nie.«

»Sie bleiben in Oxford, Sir?«

»Ich werde mich in der Küche betätigen.«

»Plumpudding?«

»Wände streichen. Plumpudding kann ich nicht ausstehen – konnte ich noch nie.«

»Sie klingen jede Minute mehr wie Scrooge, Sir.«

»*Und* ich werde einen Roman von Dickens lesen. Das mache ich Weihnachten immer. Vielmehr *wieder* lesen.«

»Wenn ich mit Dickens anfangen würde, welchen …?«

»Ich würde als ersten *Bleakhaus* nehmen, als zweiten *Klein Dorrit* –«

Das Telefon klingelte, und Morse' Sekretarin teilte ihm aus dem Hauptquartier mit, dass er bei der Wohltätigkeitstombola der Polizei einen Geschenkgutschein über fünfzig Pfund gewonnen hatte, und diesmal legte Morse erheblich besser gelaunt auf. »Sagten Sie ›Scrooge‹, Lewis? Nur damit Sie es wissen, ich habe bei dieser Tombola fünf Lose gekauft – ein Pfund das Stück!«

»Ich habe auch fünf Lose gekauft, Sir.«

Morse lächelte selbstgefällig. »Wir sollten mildtätiger sein, Lewis! Es kommt darauf an, dass man diese Anliegen *unterstützt*, nicht, dass man *gewinnt*.«

»Ich warte im Auto, Sir«, sagte Lewis ruhig. Er wurde langsam ärgerlich. Mit Morse' Jähzorn konnte er sich abfinden, aber er ertrug es nicht, sich noch mehr über dessen uneigennützige Großzügigkeit anzuhören.

Morse' alter Jaguar war wieder mal in der Werkstatt

(»Zu geizig, sich einen neuen zu kaufen!«, behaupteten die Kollegen), und es fiel an diesem Tag Lewis zu, den Chief Inspector herumzuchauffieren; zweifellos würde er ihm außerdem (wenn die Dinge nach Plan liefen) das eine oder andere Bier spendieren müssen. Was in der Tat recht wahrscheinlich war, da Morse es an diesem Dienstagmorgen so gedeichselt hatte, dass ihre Ankunft im George mit dem Zeitpunkt der Öffnung zusammenfallen würde. Während sie am Bahnhof vorbeifuhren, berichtete Lewis Morse, was er bisher über die Ereignisse des vergangenen Tages herausgefunden hatte.

Die Gäste des George hatten für die Littlemore-Stiftung für geistig behinderte Kinder vierhundert Pfund gesammelt. Diese stolze Summe sollte Ende der Woche dem Geschäftsführer der Stiftung überreicht werden, und die *Oxford Times* hatte versprochen, dass einer ihrer Fotografen das große Ereignis festhalten würde. Mrs Michaels, die Wirtin, war vormittags gegen halb elf von ihrem Mann vor der Bank am Carfax abgesetzt worden und hatte dort eine bunte Mischung aus Münzen und Scheinen gegen vierzig funkelnagelneue Zehner eingetauscht. Danach hatte sie einiges eingekauft (darunter Weintrauben für ihre gerade ins Krankenhaus eingewiesene Tochter), bevor sie mit einem Minibus nach Hause fuhr, wo sie kurz nach zwölf ankam. Das Geld befand sich in einem langen weißen Umschlag zusammen mit den morgendlichen Besorgungen in ihrer Einkaufstasche. Ihr Mann war noch nicht aus dem *Cash and Carry* zurück, und als Mrs Michaels das George durch die Bar betrat, hatte sie das Telefon läuten hören. Da sie annahm, es sei das Krankenhaus (was auch der

Fall war), hatte sie die Tasche auf die Theke fallen lassen und sich beeilt, den Hörer abzunehmen. Bei ihrer Rückkehr war der Umschlag verschwunden.

Zur Zeit des Diebstahls hatten sich rund dreißig Personen in der Bar aufgehalten, darunter einige Rentner, die Stammgäste waren, der übliche Trupp Billard spielender Arbeitsloser und die Belegschaft einer ortsansässigen Firma bei der Weihnachtsfeier. Und – ja! – von Anfang an hatte Lewis gewusst, dass die Chance, das Geld wieder aufzutreiben, praktisch gleich null war. Trotzdem erschienen die drei Routineverhöre, die Morse durchführte, Lewis arg unbefriedigend.

Nachdem Morse der wenig erhellenden Aussage des Wirts eine Weile gelauscht hatte, fragte er ihn, warum seine Erledigungen im *Cash and Carry* so lange gedauert hätten; und obwohl die nachfolgende Erklärung völlig plausibel schien, hatte die Entlassung des ersten Zeugen fast beleidigend schroff gewirkt. Und niemanden hätte man schneller und wirkungsvoller vor den Kopf stoßen können als den Aushilfsbarkeeper, der gestern Vormittag Dienst gehabt hatte und sich nun weigerte, Morse' barsche Fragen über sein gegenwärtig überzogenes Konto zu beantworten. Und was war mit der attraktiven, rot gelockten Mrs Michaels? Nachdem ein ziemlich schiefes Lächeln ihre regelmäßigen, wenn auch leicht nikotinverfärbten Zähne enthüllt hatte, war die unglückliche Dame nicht imstande gewesen, ihre Tränen zurückzudrängen, als sie Morse zu erklären versuchte, warum sie für den Pressefotografen auf echten Banknoten statt eines auf Kameraformat vergrößerten Pseudoschecks bestanden hatte.

Aber halt! Lewis sah, dass soeben etwas Dramatisches

in Morse vorgegangen war: als sei plötzlich Licht auf einen Mann gefallen, der zuvor im Dunkeln gesessen hatte. Jetzt fragte er (Morse) – welche Überraschung! –, ob die gute Dame zufällig ein Paar leuchtend grüne, hochhackige Lederschuhe besäße, und als sie erwiderte, ja, das täte sie, lächelte Morse heiter, als hätte er das Geheimnis des Universums entschlüsselt, und zitierte umgehend nicht nur die drei soeben Verhörten in die Bar, sondern auch alle im George Anwesenden, die am gestrigen Vormittag dort getrunken hatten.

Während sie warteten, fragte Morse nach den Seriennummern der gestohlenen Scheine, und Lewis reichte ihm einen Zettel, auf den mit verschmiertem Kuli hastig einige Zahlen gekritzelt worden waren. »Um Gottes willen!«, zischte Morse. »Hat man Ihnen in der Schule das Schreiben nicht beigebracht?«

Lewis atmete schwer, zählte bis fünf und schrieb dann die Ziffern gewissenhaft noch einmal auf ein jungfräuliches Stück Papier: *773741–773780*. Morse warf einen flüchtigen Blick darauf, bevor er das Blatt in seine Tasche steckte und sich den Stammgästen des George zuwandte.

Er sei *praktisch* sicher (sagte er), wer das Geld gestohlen hätte. *Absolut* sicher wüsste er aber, wo sich das Geld *genau in diesem Moment* befände. Er hätte die Seriennummern der Banknoten – das sei inzwischen aber nicht mehr von Belang. Der Dieb wäre vorher vielleicht in Versuchung gewesen, das Geld auszugeben, jetzt jedoch nicht mehr! Und warum nicht? Weil die betreffende Person nun, zur Weihnachtszeit, *nicht länger die Kraft hätte, ihrem besseren Ich zu widerstehen.*

In der Bar, die jetzt lautlos und still wie ein Grab war,

wirkten Morse' Zuhörer wie hypnotisiert – auch dann noch, als Morse Anweisungen gab, die Scheine in den Originalumschlag zurückzulegen und (wie, sei ihm egal) *innerhalb der nächsten vierundzwanzig Stunden* in Sergeant Lewis' Büro im Hauptquartier der Thames Valley Police abzuliefern.

Auf der Rückfahrt konnte Lewis seine Neugier nicht länger zügeln. »Sie glauben *wirklich*, dass –?«

»Natürlich!«

»Anscheinend schaffe ich es nie, mir die Indizien selbst zusammenzureimen, Sir.«

»Indizien? Was für Indizien, Lewis? Ich wusste gar nicht, dass wir welche haben.«

»Na ja, diese Schuhe zum Beispiel. Was spielen sie für eine Rolle?«

»Wer sagt, dass sie eine Rolle spielen? Es ist nur so, dass ich mal eine Schönheit mit rotem Haar kannte, die sechs Paar – *sechs*, Lewis! – leuchtend grüne Schuhe hatte. Sie stünden ihr, meinte sie.«

»Sie … haben also gar nichts mit dem Fall zu tun?«

»Nicht, dass ich wüsste«, murmelte Morse.

Am nächsten Morgen wurde in Lewis' Büro ein weißer Umschlag abgegeben, obwohl sich am Empfang niemand entsinnen konnte, wann und woher er gekommen war. Lewis rief sofort Morse an, um ihm zum glücklichen Ausgang des Falles zu gratulieren. »Da ist nur noch eins, Sir. Ich habe den Zettel mit den Seriennummern aufbewahrt, und diese Scheine hier sind zwar auch funkelnagelneu – aber es sind nicht dieselben!«

»Tatsächlich?« Morse klang zutiefst desinteressiert.

»Macht Ihnen das nichts aus?«

»Du liebe Güte, nein! Geben Sie das Geld einfach unserem Rotschopf im George, und sagen Sie ihr, sie soll das nächste Mal lieber einen Scheck nehmen! Oh, und noch was, Lewis. Ich habe *Urlaub*. Dass mich also niemand stört – verstanden?«

»Ja, Sir. Und, äh … fröhliche Weihnachten, Sir!«

»Ihnen auch, alter Freund!«, erwiderte Morse ruhig.

Der Bankdirektor rief kurz vor Mittag desselben Tages an. »Es geht um die vierhundert Pfund, die Sie gestern abgehoben haben, Inspector. Ich habe versprochen, dass ich mich melde, wenn wieder Bankgebühren –«

»Ich habe es dem Mädchen erklärt«, protestierte Morse. »Ich brauchte das Geld schnell.«

»Oh, das ist völlig in Ordnung. Aber Sie sagten doch, dass Sie heute Morgen zum Überweisen vorbeikommen –«

»Morgen! Jetzt stehe ich gerade mit dem Pinsel in der Hand auf der Leiter.« Morse legte den Hörer auf und ließ sich in seinen Sessel mit dem Kreuzworträtsel zurücksinken. In Gedanken war er jedoch weit weg, und ein paar Worte, die er selbst gesagt hatte, hallten in seinem Kopf wider: etwas über ein besseres Ich … Und er lächelte, weil er wusste, dass er an diesem Weihnachtsfest vielleicht ebenso viel Freude haben würde wie die Kinder oben in Littlemore. Er hatte in seinem Leben so viele Rätsel gelöst. War er nun allmählich, so fragte er sich, der Lösung des allergrößten Rätsels auf der Spur?

Aus dem Englischen von Almut Carstens

Ian Rankin

»No Sanity Clause«

Ein Fall für John Rebus

Schuld an allem war Edgar Allan Poe. Entweder der oder das schottische Parlament. Joey Briggs verbrachte die Vorweihnachtszeit fast ausschließlich damit, Schutz vor Edinburghs messerscharfen Dezemberwinden zu suchen. Eines Tages war er die George IV Bridge entlanggegangen und hatte beobachtet, wie ein Penner gerade in die Central Library schlurfte. Joey hatte gezögert. *Er* war kein Penner – jedenfalls noch nicht. Vielleicht würde er bald einer sein, wenn der Abgeordnete des Schottischen Parlaments Scully Aitchison seinen Willen bekam, aber vorerst hatte Joey noch ein möbliertes Zimmer und regelmäßig ein paar Pennys von der Stütze. Dumm war nur, dass nichts einen Geldmangel deutlicher spürbar machte als die Vorweihnachtszeit. Die Schaufenster übten magnetische Anziehungskraft aus. An den Kassen standen Schlangen. Kinder zogen ihre Eltern am Ärmel und hatten wieder was Neues für ihre Wunschzettel entdeckt. Verliebte kauften Schmuck ein, während Familien die Einkaufswagen mit Lebensmitteln vollpackten.

Und auf der anderen Seite Joey, seit neun Wochen aus dem Gefängnis raus und ohne einen einzigen Freund auf der Welt. Er wusste, dass ihn in seiner Heimatstadt nichts und niemand erwartete. Seine Frau hatte die Kinder genommen und war still und leise aus seinem Leben verschwunden. Er wusste das von seiner Schwester, die ihm ins Gefängnis geschrieben hatte: Also war Joey elf Monate später, nachdem sich das Tor von Saughton Jail hinter ihm geschlossen hatte, mit dem ersten Bus ins Zentrum gefahren, hatte sich eine Abendzeitung besorgt und auf die Suche nach einer Bleibe gemacht.

Das möblierte Zimmer war so weit okay, eins von vieren im Souterrain eines mehrstöckigen Hauses ganz in der Nähe der South Clark Street, mit Küche und Bad zur gemeinsamen Benutzung. Die anderen Männer arbeiteten, redeten nicht viel. In Joeys Zimmer stand ein Gasofen mit Münzzähler, zu teuer, als dass er ihn den ganzen Tag hätte brennen lassen können. Er hatte versucht, bei eingeschaltetem Herd in der Küche zu sitzen, aber eines Tages war er von seinem Vermieter erwischt worden. Der nächste Versuch bestand darin, sich in die heiße Badewanne zu legen. Aber das Wasser schien immer schon kalt zu werden, bevor die Wanne auch nur halb voll war.

»Sie könnten ja versuchen, einen Job zu kriegen«, hatte der Vermieter gemeint.

Nicht so leicht mit einer Vorstrafe. Gesucht wurden vor allem Security-Leute und Nachtwächter. Joey nahm nicht an, dass er es in der Branche sehr weit gebracht hätte.

Dem Stadtstreicher in die Bibliothek zu folgen, war eine seiner besseren Ideen gewesen. Der Uniformierte hinterm Tresen warf ihm einen scharfen Blick zu, sagte aber nichts. Joey ging die Regale entlang, zog ein Buch heraus und setzte sich. Und das war's. Er wurde Stammgast, die Angestellten begrüßten ihn bald mit einem Nicken und manchmal sogar mit einem Lächeln. Er achtete auf sein Äußeres, schlief nicht am Tisch ein, wie das manche alten Knacker taten. Er verbrachte den größeren Teil des Tages mit Lesen, abwechselnd Belletristik, Biographien und Sachbücher. Er las über Heimatgeschichte, Klempnerei und Winston Churchill, Nigel Tranters Romane und die vom National Trust gepflegten Parks. Er wusste, dass die Bibliothek über Weihnachten geschlossen blieb, wusste nicht, was er ohne sie machen sollte. Er lieh nie Bücher aus, weil er befürchtete, auf irgendeiner Schwarzen Liste zu stehen: *Verurteilter Einbrecher und Gelegenheitsdieb, auf keinen Fall mit Leihgut allein lassen …*

Er träumte davon, das Weihnachtsfest in einem der schicken Hotels der Stadt zu feiern, mit Blick auf die Princes Street Gardens und die Burg. Er würde sich Essen aufs Zimmer kommen lassen und fernsehen. Er würde so oft baden, wie er wollte. Sie würden ihm seine Sachen reinigen und wieder aufs Zimmer bringen. Er träumte von den Geschenken, die er sich kaufen würde: ein großes Radio mit CD-Spieler, ein paar neue Hemden und Schuhe – und Bücher, jede Menge Bücher.

Der Traum wurde immer realistischer, bis er tatsächlich in der Bibliothek einnickte und erst wieder aufwachte, als seine Stirn auf die Seite schlug, die er gelesen hatte. Danach riss er sich zusammen – nur um feststellen zu müssen, dass er wieder in einen warmen, behaglichen Schlaf fiel.

Bis er Edgar Allan Poe entdeckte.

Es war ein Band mit Gedichten und Erzählungen, darunter »Der stibitzte Brief«. Joey fand das toll, fand es richtig genial, etwas dadurch zu verstecken, dass man es ganz offen herumliegen ließ. Wenn etwas nicht fehl am Platz aussah, ignorierten es die Leute einfach. In Saughton war ein Typ gewesen, der wegen Betrugs saß. Er hatte Joey erklärt: »Drei Dinge: ein Anzug, eine anständige Frisur und eine teure Uhr. Wenn du *die* hast, glaubst du gar nicht, womit du nicht alles durchkommst.« Er hatte gemeint, dass seine Klienten ihm vertrauten, weil sie etwas sahen, mit dem sie keine Probleme, etwas, das sie erwartet hatten. *Nicht* gesehen hatten sie das, was direkt vor ihrer Nase war, nämlich einen Hai, jemanden, der einen dicken Batzen ihrer Ersparnisse verschlucken würde.

Während Joey Poes Geschichte noch einmal überflog, nahm langsam eine Idee in seinem Kopf Gestalt an. Ja, ihm kam eine Idee, die ihm wirklich gut zu sein schien. Nur brauchte er dazu noch das, was der Betrüger den »Anlauf« genannt hatte – das heißt, etwas Knete. Zufällig fiel sein Blick auf einen der alten Penner, der, in sich zusammengesackt, vor einer noch gar nicht aufgeschlagenen Zeitung schlief. Joey sah sich um: Niemand guckte. Der Laden war wie ausgestorben; wer hatte auch schon Zeit, die Bibliothek aufzusuchen, wenn Weihnachten vor der Tür stand? Joey ging hinüber zum Alten, schob ihm eine Hand in die Manteltasche. Fühlte Münzen und Geldscheine, schloss die Finger um sie. Er sah kurz hinunter auf die Zeitung. Da war ein Artikel über Scully Aitchisons Kampagne. Aitchison war der Abgeordnete, der sich dafür starkmachte, dass alle Straftäter in ein – allgemein einsehbares – Zentralregister kamen. Er meinte, gesetzestreue Bürger hätten ein Recht darauf zu wissen, »ob ihr Nachbar ein Dieb oder ein Mörder war« – als ob stehlen das Gleiche wäre wie jemanden umbringen! Ein kleines Foto war auch abgebildet, auf dem Aitchison im Glanz seines selbstzufriedenen Lächelns und seiner Brille erstrahlte. Wenn Aitchison seinen Willen bekam, würde Joey nie wieder aus dem Dreck rauskommen.

Es sei denn, sein Plan ging auf.

John Rebus beobachtete, wie seine Freundin Santa Claus küsste. In den Princes Street Gardens gab's einen deutschen Weihnachtsmarkt. Dort sollte sich Rebus mit Jean treffen. Er hatte nicht erwartet, sie im Clinch mit einem Mann in rotem Anzug, schwarzen Stiefeln und schneeweißem Bart anzutreffen. Gerade als Rebus näher kam, ließ Santa los und entfernte sich. Deutsche Volkslieder erfüllten die Luft. Jean sah erschrocken aus.

»Was sollte das eben?«, fragte er.

»Weiß ich auch nicht.« Sie schaute der sich entfernenden Gestalt nach. »Ich glaube, er hat das mit dem Fest der Liebe etwas zu wörtlich genommen. Er ist einfach auf mich zugegangen und hat mich abgeknutscht.« Rebus wollte schon die Verfolgung aufnehmen, aber Jean hielt ihn zurück. »Komm schon, John. Friede auf Erden und so weiter, ja?«

»Das war ein tätlicher Angriff, Jean.«

Sie lachte, jetzt wieder gefasst. »Hast du vor, den heiligen Nikolaus auf die Wache zu schleppen und in die Zelle zu stecken?« Sie strich ihm über den Arm. »Vergessen wir's einfach, hm? In zehn Minuten fängt der Spaß an.«

Was die Spaßigkeit des bevorstehenden Abends anging, hatte Rebus eher seine Zweifel. Er steckte tagein, tagaus bis zum Hals in Verbrechen und Tragödien. Dass ein »Krimi-Dinner« besonders entspannend auf ihn wirken würde, konnte er sich nicht so recht vorstellen. Jean war auf diese Schnapsidee verfallen. Es gab ein Hotel, direkt auf der anderen Straßenseite. Man ging zum Abendessen rein, bekam einen Umschlag, in dem stand, welche literarische Gestalt man darstellen würde. Eine Leiche tauchte auf, und dann spielte jeder Detektiv.

»Das wird bestimmt lustig«, beharrte Jean, während sie ihn aus dem Park führte. Sie trug drei Einkaufstüten. Er fragte sich, ob irgendwas davon für ihn war. Sie hatte ihn um einen Weihnachtswunschzettel gebeten, aber mehr als ein paar CDs von String Driven Thing war ihm bislang nicht eingefallen.

Als sie das Hotel betraten, sahen sie, dass der Krimi-Abend im Mezzanin stattfand. Die meisten Gäste hatten sich schon eingefunden und schlürften Cava. Rebus bat vergeblich um ein Bier.

»Der Cava ist im Preis inbegriffen«, erklärte ihm die Kellnerin. Ein Mann in viktorianischem Kostüm überprüfte die Namen und verteilte Plastiktüten.

»Hier drinnen«, erklärte er Jean und Rebus, »finden Sie allgemeine Instruktionen, ein geheimes Indiz, das nur Sie kennen, Ihren Namen und ein Kleidungsstück.«

»Oh«, sagte Jean, »ich bin Klein Nell.« Sie setzte sich eine Haube auf. »Wer bist du, John?«

»Mr Bumble.« Rebus hielt sein Namensschildchen und einen gelben Schal in die Höhe, den Jean ihm dann, keinen Widerspruch duldend, um den Hals wickelte.

»Wir haben ein Dickens'sches Thema gewählt, eigens für Weihnachten«, verriet der Gastgeber, bevor er weiterging, um sich seine übrigen Opfer vorzuknöpfen. Alle sahen ein bisschen befangen aus, aber die meisten bemühten sich, Enthusiasmus zu zeigen. Rebus hatte keinen Zweifel daran, dass zwei, drei Gläser Wein zum Essen ein paar Edinburgher Verspannungen lockern würden. Zwei Gesichter kannte er. Das eine gehörte einer Journalistin, die den Arm um die Taille ihres Lovers gelegt hatte; das andere zu einem Mann, der in Begleitung seiner Frau da zu sein schien. Er hatte diese typische Miene, die einem zu verstehen gibt, dass man ihn kennen sollte. Sie war blond und zierlich und ein knappes Dutzend Jahre jünger als ihr Mann.

»Ist das nicht ein MSP?«, flüsterte Jean.

»Er heißt Scully Aitchison«, erklärte Rebus.

Jean las ihr Informationsblatt durch. »Das Opfer des heutigen Abends ist ein gewisser Ebenezer Scrooge«, sagte sie.

»Und hast du ihn getötet?«

Sie boxte ihm gegen den Arm. Rebus lächelte, aber sein Blick blieb auf den Abgeordneten gerichtet. Aitchisons Gesicht war knallrot. Rebus vermutete, dass er seit dem Mittagessen nicht mehr aufgehört hatte zu trinken. Seine Stimme dröhnte durch die ganze Etage und tat jedem kund, dass er und Catriona ein Zimmer gebucht hatten, um nicht noch nachts in ihren Wahlkreis zurückfahren zu müssen.

Sie standen und schlenderten alle auf der Empore des Zwischengeschosses herum. Auf der rechten Seite befand sich die, jetzt noch geschlossene, Tür zum Saal, in dem sie später dinieren würden. Immer mehr Gäste begannen, sich gegenseitig zu fragen, welche Figur sie spielten. Als eine ältere Dame – die laut ihrem Namensschildchen Miss Havisham verkörperte – auf sie zukam, um sich von Jean etwas über Klein Nell erzählen zu lassen, sah Rebus einen rot gekleideten Mann die Treppe heraufkommen. Santa Claus trug einen offenbar halb leeren Sack. Er fing an, sich einen Weg durch die Gäste zu bahnen, wurde aber von Aitchison angehalten.

»J'accuse!«, grölte der MSP. »Sie haben Scrooge wegen seiner Unmenschlichkeit seinen Mitmenschen gegenüber ermordet!« Aitchisons Frau eilte zur Rettung herbei und zerrte ihren Gatten weg, aber Santas Augen schienen ihnen zu folgen. Als er an Rebus vorbeiging, fixierte ihn der mit einem prüfenden Blick.

»Jean«, fragte er, »ist das derselbe, der …?«

Sie bekam nur noch Santas Hinterkopf zu sehen. »Für mich sehen die alle gleich aus«, sagte sie.

Santa war auf dem Weg zur nächsten Treppe. Rebus schaute ihm nach, dann wandte er sich wieder den übrigen Gästen zu, die inzwischen alle mit irgendwelchen absonderlichen Kleidungsstücken ausstaffiert waren. Kein Wunder, dass Santa ein Gesicht gemacht hatte, als wäre er in einem Irrenhaus gelandet. Rebus musste an eine Szene in einem Marx-Brothers-Film denken, in der Groucho versucht, Chico dazu zu bringen, einen Vertrag zu unterschreiben, der mit der »Nichtverrücktheitsklausel« endet, der *sanity clause.*

Aber wie Chico mit seinem Italo-Akzent empört einwendet, weiß doch jeder, dass es *Sanity Clause* gar nicht gibt …

Joey stemmte sein drittes Zimmer des Abends auf. Das Santa-Kostüm war ein genialer Einfall gewesen. Okay, es war viel zu warm und unbequem, und der Bart kratzte am Hals, aber es funktionierte! Er hatte völlig unbehelligt die Rezeption passiert und die Treppe erklommen und auf den Korridoren, die er abarbeitete, lediglich ein paar scherzhafte Bemerkungen zu hören bekommen. Kein einziger Security-Mensch hatte ihm Fragen gestellt. Kein Gast war argwöhnisch geworden. Er passte genau ins Bild, und jeder konnte ihn sehen.

Gott segne Edgar Allan Poe.

Die Frau vom Kostümverleih hatte sogar einen Sack mit draufgelegt und nur gemeint, füllen müsste er ihn schon selbst. Wie wahr: Im ersten Hotelzimmer hatte er die zusammengeknüllten alten Zeitungen ausgekippt und angefangen, den Sack zu füllen – mit Kleidern, Schmuck, dem Inhalt der Minibar. Dito beim zweiten Zimmer: einmal angeklopft, um sicherzugehen, dass niemand da war, dann Meißel angesetzt und ruckzuck. Das Problem war nur, dass es in den Zimmern nicht viel zu holen gab. Ein Zettel im Kleiderschrank empfahl den Gästen, alle Wertsachen im Hoteltresor an der Rezeption einzuschließen. Ein paar hübsche Sachen hatte er immerhin gefunden: Kamera, Kreditkarten, Armband und Halskette. Der Schweiß lief ihm in die Augen, aber er konnte es nicht riskieren, seine Verkleidung abzulegen. Allmählich kamen ihm ganz verrückte Gedanken: sich ein schönes langes heißes Bad gönnen; den Zimmerservice kommen lassen; einen unbelegten Raum finden und sich bis auf Weiteres darin einquartieren. Im dritten Zimmer wurde ihm etwas schwindlig, und er setzte sich aufs Bett. Neben ihm lag ein offener Aktenkoffer, darin bloß ein Haufen Papierkram. Sein Magen knurrte, und da erinnerte er sich, dass seine letzte Mahlzeit gut vierundzwanzig Stunden zurücklag und in einem Mars-Riegel bestanden hatte. Er riss eine Dose gesalzene Erdnüsse auf, schaltete die Glotze ein und guckte, während er aß. Als er die leere Dose auf den Boden stellte, fiel sein Blick zufällig auf den Inhalt des Aktenkoffers. »Parlamentsvorlage … Unterausschuss für Gesetzgebung und Justiz …« Auf dem obersten Blatt sah er eine Liste von Namen. Einer davon war mit gelbem Marker gekennzeichnet.

Scully Aitchison.

Der Betrunkene ein Stock tiefer … *Daher* kannte ihn Joey! Er sprang auf, versuchte nachzudenken. Er konnte dableiben und dem MSP eine ordentliche Tracht Prügel verpassen. Er konnte … Er hob die Speisekarte des Zimmerservice auf, klingelte nach unten durch und bestellte Räucherlachs, ein Steak und je eine Flasche vom besten Rotwein und Malt und hörte sich dann diese lieblichsten aller Worte sagen: »Sie setzen es bitte auf meine Zimmerrechnung, ja?«

Dann machte er es sich bequem und wartete. Blätterte die Papiere noch einmal durch. Ein Kuvert glitt heraus. Darin eine Faltkarte, und in der Karte ein Brief.

Lieber Scully, begann er.

Ich hoffe, Dein Einfall mit dem zentralen Täterregister geht nicht ausschließlich auf meine Kappe …

»Ich hab nicht die leiseste Ahnung«, sagte Rebus.

Hatte er wirklich nicht. Das Dinner war vorbei, der Schauspieler, der den Scrooge gab, lag hingemäht auf dem Fußboden des Zwischengeschosses, und Rebus war so weit von der Auflösung des Verbrechens entfernt, wie man nur sein konnte. Glücklicherweise hatte in der Zwischenzeit eine Bar geöffnet, sodass er den größten Teil des Abends am Tresen verbrachte und so tat, als würde er die Hintergrundinfos lesen, während er Bier trank. Jean hatte sich mit Miss Havisham zusammengetan, während Aitchisons Frau in einem der Sessel zusammengesackt war und an einer Zigarette zog. Der Abgeordnete selbst spielte den Zirkusdirektor und hatte sich schon zweimal vor Rebus aufgebaut und ihn aufgefordert, sich zu seiner Tat zu bekennen.

»Nicht schuldig, Mylord«, hatte Rebus dazu nur gesagt.

»Wir glauben, es ist Magwitch«, meinte Jean, plötzlich an seiner Seite, atemlos, die Haube keck schief auf dem Kopf. »Er und Scrooge kannten sich vom Gefängnis her.«

»Ich wusste nicht, dass Scrooge gesessen hatte«, entgegnete Rebus.

»Das liegt daran, dass du keine Fragen stellst.«

»Brauch ich gar nicht, ich hab ja dich als Informantin. *Das* macht einen guten Detective aus.«

Er sah ihr nach, während sie davonmarschierte. Vier Dinnergäste hatten den armen Kerl umzingelt, der den Magwitch spielte. Auch Rebus hatte einen gewissen Verdacht gehabt ... aber jetzt dachte er an Gefängnisaufenthalte und daran, wie sie sich bei Menschen auswirkten.

Sie hinterließen bei ihnen einen gewissen Blick, einen Blick, den sie auch nach ihrer Freilassung nicht mehr loswurden. Genau den Blick, den er in Santas Augen gesehen hatte.

Und da war jetzt Santa wieder: Seinen Sack über die Schulter geworfen, kam er die Treppe herunter. Wanderte das Zwischengeschoss ab, als suchte er jemanden. Den er schließlich fand: Scully Aitchison. Rebus glitt von seinem Barhocker herunter und schlenderte auf die beiden zu.

»Bist du dieses Jahr auch brav gewesen?«, fragte Santa Aitchison.

»Nicht weniger brav als alle anderen«, antwortete Aitchison mit einem süffisanten Grinsen.

»Ganz sicher?« Santas Augen verengten sich.

»Ich werde doch den Weihnachtsmann nicht anlügen!«

»Und was ist mit deinem Plan, dem Täterregister?«

Aitchison blinzelte ein paarmal. »Was ist damit?«

Santa hielt ein Blatt Papier in die Höhe, und seine Stimme wurde laut. »Dein eigener Neffe sitzt eine Strafe wegen Betrugs ab. Aber *das* braucht natürlich keiner zu wissen, was?«

Aitchison starrte auf den Brief. »Wo zum Teufel …? Wie …?«

Die Journalistin trat ein paar Schritte vor. »Darf ich mal sehen?«

Santa reichte ihr den Brief, legte dann Mütze und Bart ab. Wandte sich zur Treppe nach unten. Rebus verstellte ihm den Weg.

»Zeit für die Geschenke«, sagte er leise. Joey schaute ihn an und wusste sofort Bescheid, ließ den Sack von der

Schulter gleiten. Rebus nahm ihn ihm ab. »Jetzt weg mit Ihnen.«

»Sie nehmen mich nicht fest?«

»Wer würde dann die Rentierchen füttern?«, fragte Rebus.

Den Magen voll von Steak und Wein, in der geräumigen Tasche seines Kostüms eine Flasche Malt, grinste Joey während seines ganzen Wegs zurück in die Welt wie ein Honigkuchenpferd.

Aus dem Englischen von Giovanni und Ditte Bandini und Juliane Gräbener-Müller

Nachweis

G. K. Chesterton
Die flüchtigen Sterne. Aus: Gilbert Keith Chesterton, *Pater Brown. Tod und Amen. Alle Fälle in einem Band.* Aus dem Englischen von Hanswilhelm Haefs und Julian Haefs. Copyright © 2022 by Kampa Verlag AG, Zürich.

Agatha Christie
Das Geheimnis des Plumpuddings. Aus: Agatha Christie, *Das große Hercule-Poirot-Buch. Die besten Kriminalgeschichten.* Aus dem Englischen von Michael Mundhenk. Copyright © 2015 by Hoffmann und Campe Verlag GmbH, Hamburg.
Eine Weihnachtstragödie. Aus: Agatha Christie, *Das große Miss-Marple-Buch. Sämtliche Kriminalgeschichten.* Aus dem Englischen von Renate Orth-Guttmann. Copyright © 2015 by Hoffmann und Campe Verlag GmbH, Hamburg.

Colin Dexter
Das größte Rätsel. Aus dem Englischen von Almut Carstens. Aus: Colin Dexter, *Ihr Fall, Inspector Morse. Kriminalerzählungen.* Copyright © 2021 by Unionsverlag AG, Zürich.

Arthur Conan Doyle
Der blaue Karfunkel. Aus: Arthur Conan Doyle, *Der Bund der Rothaarigen und andere Detektivgeschichten.* Franckh'sche Verlagshandlung, Stuttgart 1938.

Dorothy L. Sayers
Die Perlenkette. Aus: Dorothy L. Sayers, *Das Bild im Spiegel. Und andere überraschende Geschichten.* Aus dem Englischen von Otto Bayer. Copyright © 2015 by Rowohlt Verlag GmbH, Hamburg.

Baroness Orczy
Eine weihnachtsliche Tragödie. Aus dem Englischen von Jan Wilm. Für die deutschsprachige Übersetzung Copyright © 2025 by Kampa Verlag AG, Zürich.

Ian Rankin
»No Sanity Clause«. Aus: Ian Rankin, *Der Tod ist erst der Anfang. Zweiundzwanzig Meisterwerke der Spannung.* Aus dem Englischen von Giovanni und Ditte Bandini und Juliane Gräbener-Müller. Copyright © 2025 by Kampa Verlag AG, Zürich. Neuausgaben von Ian Rankins Inspector-Rebus-Krimis in Vorbereitung.